MOBY DICK

DANS LA MÊME COLLECTION

L'Appel de la forêt
Jack London

Un Bon Petit Diable
Comtesse de Ségur

Croc-Blanc
Jack London

Heidi
Johanna Spyri

Moby Dick
Herman Melville

Les Quatre Filles du docteur March
Louise May Alcott

Sans famille
Hector Malot

Le Tour du monde en 80 jours
Jules Verne

Le Petit Lord Fauntleroy
Frances Burnett

Sherlock Holmes
Conan Doyle

Le Capitaine Fracasse
Théophile Gautier

La Case de l'Oncle Tom
Harriet Beecher-Stowe

Les Contes d'Andersen

Les Contes de Grimm

Le Dernier des Mohicans
Fenimore Cooper

L'Île au trésor
Robert Louis Stevenson

Robinson Crusoé
Daniel Defoe

Vingt Mille Lieues sous les mers
Jules Verne

Amadou le bouquillon
Charles Vildrac

Le Cheval sans tête
Paul Berna

Le Faucon déniché
Jean-Côme Nogues

La Guerre du feu
J. H. Rosny Aîné

Le Livre de la jungle
Rudyard Kipling

La Petite Fille au kimono rouge
Kay Haugaard

À PARAÎTRE :

Djinn la Malice
Jacqueline Cervon

Les Lunettes du lion
Charles Vildrac

La Maison des quatre vents
Colette Vivier

Mère Brimborion
Alf Proysen

Les Malheurs de Sophie
Comtesse de Ségur

Poil de Carotte
Jules Renard

Tom Sawyer
Mark Twain

Notre-Dame de Paris
Victor Hugo

HERMAN MELVILLE

MOBY DICK

Adaptation de Rémi Simon
Illustrations de Véronique Ageorges

ROUGE & OR

Couverture (crédit photographique) :

Illustrations de Pierre Rousseau / DR.

CHAPITRE I

MIRAGES

Appelez-moi Ismaël. Il y a de cela quelques années, peu importe combien, ma bourse était vide, ou presque. Rien ne me retenait et je songeai à m'embarquer pour naviguer dans le vaste monde. C'est une méthode à moi pour secouer mes humeurs noires, lorsque je me sens devenir triste et chagrin. Quand je commence à me sentir l'envie d'attaquer le premier venu et de boxer les passants, alors il est temps pour moi de prendre la mer. Il n'y a rien là de surprenant. Quel homme ne connaît un jour le désir de partir sur l'Océan ?

Cependant, quand je parle de prendre la mer, qu'on n'aille pas croire que je pars sur l'un de ces jolis navires de plaisance qui restent onze mois sur douze à se balancer dans un port agréable ; on y prend un aimable apéritif avant d'aller dîner dans un sympathique petit restaurant très cher, en compagnie de jolies femmes en casquettes de capitaine. Non, je ne suis pas riche. D'ailleurs, les passagers ont le mal de mer et deviennent rapidement hargneux. Je ne pars pas comme passager. Je ne pars pas non plus comme capitaine, comme lieutenant, ou comme maître-coq. Je laisse à ceux qui les apprécient ces différents titres de gloire. J'ai bien assez à faire de m'occuper de moi-même sans m'occuper des autres.

Non, quand je prends la mer, c'est comme simple matelot du gaillard d'avant. Et je tiens ferme sur mes deux jambes, en bas comme en haut du grand mât, le bonnet enfoncé sur les yeux. Bien sûr, je reçois des ordres et j'y obéis; je saute de vergue en vergue, pour serrer ou déferler la toile, comme une sauterelle dans les prés. C'est un peu désagréable quand on a été comme moi instituteur à la campagne. Mais quoi ? La philosophie et les anciens nous enseignent que c'est bien peu de chose de manier le balai de cordes, le faubert et le cul-de-bouteille pour briquer le pont, face à l'éternité.

Qui n'est pas esclave, d'une manière ou d'une autre ? Je vous le demande.

Bref, j'embarque toujours comme matelot.

Pourquoi, cette fois-là, imaginai-je d'embarquer sur un navire baleinier? Ma foi, je n'en sais rien. L'idée de la baleine m'avait traversé l'esprit. Je suppose que ce fut un décret de la Providence pour cette année-là :

« Cette année, brillante élection à la présidence des états-Unis,

Expédition baleinière par un nommé Ismaël,

Guerre sanglante en Afghanistan. »

Je fourrai deux chemises dans mon vieux sac de marin, je le chargeai sur mon dos et je pris le chemin du cap Horn et des mers du Sud.

Ayant quitté New York, j'arrivai sans histoire à New Bedford.

C'était un samedi soir, en décembre.

Vous savez sans doute où est New Bedford. New Bedford est sur l'Atlantique, sur la côte est des États-Unis, presque à hauteur du Canada, et un peu au dessous de ces fameux bancs de Terre-Neuve, où les Français vont pêcher la morue. En face de New Bedford, au large, se trouve l'île de Nantucket, le port d'attache et pour tout dire la véritable patrie des chasseurs de baleines.

Je fus infiniment déçu d'apprendre que le petit paquebot qui relie l'île à la terre ferme était déjà parti et qu'il n'y en aurait pas d'autre avant le lundi matin. Ce fut pour moi un coup très dur. J'avais beau savoir que la majorité des candidats baleiniers s'embarquent bel et bien de New Bedford, c'était de Nantucket que je voulais partir. Tout ce qui se rapportait à cette fameuse vieille île était pour moi plein de charme et de mystère. Car c'est de là, dit-on, que partirent les premiers pêcheurs de baleines, des Indiens peaux-rouges ornés de plumes, qui harponnaient les baleines avec des lances de pierre ; c'est de là que partit le premier petit sloop armé à la poursuite de ces léviathans, et chargé, dit la légende, d'un grand nombre de pierres : en les lançant sur les baleines, on devait pouvoir estimer le moment où l'on en serait assez proche pour les harponner du pont du navire. Bref, c'était mon idée, Nantucket.

J'avais donc deux nuits et un jour à passer à New

Bedford avant de gagner ce paradis des baleiniers. Où allais-je manger et dormir, pendant ce temps-là ?

La nuit était horriblement froide et épaisse autour de moi tandis que je comptais, au fond de mes poches, les quelques pièces de monnaie qui constituaient tout mon bien. Je me disais en les tâtant : « Où que tu ailles, Ismaël, regarde d'abord où tu vas et, surtout, ne fais pas le difficile ! »

C'est ainsi que je passai devant l'auberge des Harpons croisés, sympathique maison dont la lumière et la gaieté me parurent nettement trop coûteuses; il me semblait que les rayons de sa lumière avaient fait fondre les dix centimètres de glace qui recouvraient les trottoirs partout ailleurs; je sentais l'eau envahir mes bottes à travers leurs semelles plus que minces. Je m'arrêtai devant l'Espadon : j'entendis un tintement de verres et l'écho de rudes chants à l'intérieur. « Trop gai, donc trop coûteux », me dis-je, en dépassant le seuil. Mes pas me portaient, en bon marin, vers le port, en suivant la pente. Quelles rues sinistres ! A droite et à gauche, c'étaient de véritables pâtés d'encre, avec, de-ci, de-là, des lueurs de quinquet éclairant de misérables fenêtres, comme des feux follets dans un cimetière. Enfin, j'arrivai devant une lueur fumeuse, presque sur le port. C'était une grande bâtisse glauque, à la vaste porte ouverte sur une cour noire. Bon, me dis-je, voilà une auberge à la mesure de ma bourse, on n'y entend pas de cliquetis de fourchettes, le loyer ne doit pas être cher !

J'entrai bravement et poussai la porte intérieure.

Le battant s'ouvrit en grinçant et je pénétrai dans une vaste salle mal éclairée encombrée de bancs de bois.

Il y avait bien deux cents personnes, assises sans bouger sur ces bancs, et, à mon entrée, les deux cents visages se tournèrent vers moi en silence. Quatre cents yeux blancs me dévisageaient au milieu de deux cents faces noires, d'un air interrogateur. Tout au fond, un homme noir, vêtu de noir, tenait un livre ouvert et me regardait, la bouche ouverte. J'eus un haut-le-corps et m'empressai de refermer la porte : j'étais tombé dans une église nègre! Au milieu d'un office !

Je ne sais ce que pensèrent de mon intrusion ces braves Noirs, mais moi je m'enfuis en hâte et c'est sans le faire exprès que je tombai quelques pas plus loin sur une enseigne qui grinçait au vent de l'Atlantique. Elle indiquait aux passants: *L'Auberge du Souffleur, Peter Coffin, propriétaire*. Or, en anglais, comme chacun sait, Coffin veut dire «cercueil». Le Souffleur et le Cercueil? me dis-je. Si j'étais superstitieux, ce serait là un bien mauvais présage! N'importe, Coffin, ou Cercueil, est un nom assez répandu à Nantucket, m'a-t-on dit, et j'entrai sans crainte dans cette mauvaise auberge.

La maison était bien un peu de guingois, le toit était bien veuf de quelques ardoises, et le vent sifflait bien à travers différents trous du mur, mais, en comparaison de l'extérieur, je dois dire que l'Auberge du Souffleur me sembla immédiatement le paradis.

CHAPITRE II

L'AUBERGE DU SOUFFLEUR

En entrant dans la grande salle, on pouvait se croire dans un navire renversé : les boiseries des murs, noircies de fumée et de tabac, rejoignaient des solives courbes comme les côtes d'un grand poisson, qui prenaient appui sur une longue poutre partageant la salle en deux. Mais ce qui frappait d'abord le regard, c'était un immense tableau devenu à peu près incompréhensible sous les couches de suie, et dont on se demandait ce qu'il pouvait bien représenter. Une sorte de magma, au centre, faisait tout d'abord penser à une scène de sabbat peinte par un ivrogne un soir de nouvelle lune. On cherchait en vain le sens de cette allégorie. Même si on était illuminé de temps à autre par une lueur de compréhension, on ne pouvait jamais trouver le sens véritable de cette remarquable peinture. Je dirai tout de suite le résultat de mes recherches, confirmé par l'opinion de plusieurs connaisseurs que j'ai consultés à cet égard : il semble que cette toile ait voulu représenter un bâtiment cap-hornier pris dans une effroyable tempête et sur le point de sombrer dans l'ouragan. Pendant ce temps, une baleine en fureur attaque le navire, Dieu sait pourquoi, et paraît absolument décidée à s'empaler sur les trois mâts brisés du navire, au moyen d'un bond formidable. En face de cette singulière réalisation artistique, sur l'autre mur, s'étalait une remarquable panoplie en éventail, composée de monstrueux outils de bois, d'os et de métal, lances, harpons, massues et casse-tête, armés de pointes, de crochets, de barbelures, de renflements, à faire dresser les cheveux sur la tête.

Heureusement, on ne faisait que passer dans ce musée des horreurs. En avançant, on se trouvait dans une salle basse, aux poutres épaisses et enfumées et au plancher grinçant rappelant beaucoup l'entrepont d'un vieux vaisseau de guerre. La tempête soufflait au-dehors et faisait gémir cette vieille bâtisse, qui craquait comme un navire pris dans les tempêtes du cap Horn ou des Quarantièmes rugissants. Ce bar – car c'était le bar – s'agrémentait en plus d'une sorte de porche blanchâtre qui, à y regarder de près, était formé d'une gigantesque mâchoire de baleine qui le surmontait comme un arc gothique.

C'est là-dedans qu'officiait une sorte de vieillard crasseux et desséché, à l'œil narquois, qui versait aux marins de petits verres d'un alcool aussi violent que frelaté.

Bref, je m'approchai de ce nouveau Jonas dans sa baleine et lui demandai fermement s'il avait à me louer un lit pour la nuit. Il me répondit que la maison était pleine comme un œuf et que le billard lui-même était retenu.

« Mais attendez un peu! ajouta-t-il en se frappant le front, auriez-vous quelque objection à partager le lit d'un harponneur? Vous partez pour la pêche à la baleine, j'imagine, pas vrai? Alors autant vous habituer tout de suite à ce genre de chose! »

Je répondis avec un peu d'ennui que je n'aimais guère dormir à deux, mais que, si j'y étais véritablement obligé, et à condition que ce harponneur fut un homme honorable et propre, je partagerais à la rigueur son lit.

« C'est bien ce que je pensais, dit-il. C'est bon, asseyez-vous là. Dîner, hein, vous voulez dîner, je suppose? Une seconde, ça va être prêt. »

Je m'assis sur un vieux banc, aussi tatoué que les joues d'un chef maori. J'attendis un moment en regardant un matelot qui ornait un morceau du banc encore vierge d'un magnifique vaisseau toutes voiles dehors. Peut-être était-ce qu'il n'avait que son couteau de marin pour exécuter cette œuvre d'art, mais il me sembla qu'il avait plus de bonne volonté que de talent.

Enfin, cinq minutes ne s'étaient pas écoulées que l'on nous pria de passer dans la salle à manger, située à côté.

Seigneur! Quel froid! Quelle glacière! On se serait cru au Groenland! Il n'y avait pas de feu, le patron prétendant qu'il n'était pas assez riche pour nous offrir ce luxe. De plus, l'éclairage n'était assuré que par deux abominables chandelles de suif, une à chaque bout de la table, comme aux pieds et à la tête d'un mort. Chacun commença par boutonner jusqu'au cou sa veste de mer et nous nous empressâmes de nous réchauffer les mains au-dessus de notre bol de thé brûlant. La nourriture,

en revanche, fut des plus solides : il y avait non seulement du bœuf et des pommes de terre bouillis, mais encore d'extraordinaires boulettes, également bouillies et d'une densité telle qu'on aurait pu en charger un canon. Oh mon Dieu ! ces boulettes !

Un jeune homme en paletot verdâtre les avalait avec enthousiasme.

« Je crains, mon garçon, dit le patron d'un ton enjoué,

qu'en continuant de la sorte vous n'ayez une nuit peuplée de cauchemars ! »

Je tirai le patron par la manche :

« Dites-moi, patron, est-ce lui, votre harponneur ?

– Mais non, répondit-il avec un drôle de sourire, mon harponneur est un garçon au teint plutôt sombre. Il ne mange pas de boulettes, lui, il n'avale que des steacks, et le plus saignants possible !

– Il n'est pas ici ? demandai-je un peu inquiet.

– Il ne va pas tarder, rassurez-vous », dit le patron d'un air bonhomme.

J'avoue que je commençais à me poser des questions sur ce harponneur au teint sombre qui mangeait de la viande crue. Et j'aime bien savoir avec qui je dors. Aussi décidai-je d'attendre ce fameux camarade de lit dans la salle commune.

Au bout d'un moment, un boucan extravagant se fit au-dehors :

« Hourra, garçons ! s'écria le patron en se levant, ce sont les gens du *Grampus* ! On parlait de leur arrivée ce matin ! Trois ans de campagne et les cales pleines ! Ils reviennent aussi riches que des rois ! On va savoir les derniers potins des Samoa et des Fidji ! »

Des bottes résonnèrent pesamment dans l'entrée et, à grands rires, l'équipage du *Grampus* fit irruption dans la salle. Ils débarquaient tout juste et se dirigèrent comme un seul homme vers le bar en os de baleine, où le patron remplissait déjà les verres d'alcool de grain.

Bientôt, ce fut un tapage à n'y pas tenir. Puis, au bout d'un moment, ils repartirent tous ensemble, comme ils étaient venus, en criant : « Où est Bulkington ? Où est Bulkington ? »

Pour moi, je commençais à me féliciter d'être tombé dans cette auberge mais, en même temps, j'avais de moins en moins envie de dormir dans le même lit que le fameux harponneur. On aime bien dormir seul dans son lit. Pourquoi, je n'en sais rien, mais c'est ainsi. D'ailleurs, il était minuit passé, et mon homme n'était pas encore de retour. Qui sait dans quel état, au sortir de quelle infecte taverne, il allait revenir ?

« Patron, dis-je tout à coup, j'ai changé d'idée, je ne coucherai pas avec votre harponneur, je dormirai sur ce banc !

– C'est comme vous voulez, dit le patron de son air narquois. Mais attendez donc, ce banc est diablement raboteux, je m'en vais vous y donner un petit coup de varlope, vous dormirez plus à l'aise ! »

Et, saisissant sous le comptoir un gigantesque rabot, il se mit en devoir de faire voler des copeaux un peu partout. Au bout d'un moment, la varlope heurta rudement un nœud du bois et le patron se foula le poignet. Je le suppliai de renoncer à ce travail : je voyais d'ailleurs mal comment un simple coup de rabot aurait pu transformer un banc de bois en lit de plumes. Le patron ramassa les copeaux, les jeta dans le poêle et sortit en se massant le poignet.

Je constatai bientôt que le banc avait près d'un pied de moins que moi, en sorte que je dépassais inévitablement d'un côté ou de l'autre. J'essayai d'y remédier à l'aide d'une chaise, mais toutes se trouvaient plus hautes ou plus basses que le banc. Il en allait de même d'ailleurs pour les autres bancs : pas un n'était de la même hauteur. Je commençais à être de mauvaise humeur et j'entrepris de compenser l'étroitesse et la petitesse de mon banc en le calant contre la muraille. C'était compter sans les courants d'air. Je me mis à repenser au lit du harponneur.

« Au fait, me dis-je, viendra-t-il seulement, ce harponneur? Et au cas où il viendrait, ne puis-je pas tout simplement fermer la porte du dedans? » Oui, mais il pouvait aussi m'attendre le lendemain et m'apprendre à coups de poing à lui voler son lit! Les harponneurs ne passent généralement pas pour des mauviettes.

« Patron, appelai-je, comment est-il, votre harponneur? Il rentre toujours à des heures semblables?

– Non pas, dit le patron en gloussant. D'habitude, il se couche avec les poules! Couché de bonne heure, levé de bonne heure, c'est ainsi que l'oiseau trouve le ver! C'est sa règle générale, mais ce soir, peut-être bien qu'il n'a pas réussi à vendre sa tête.

– Vendre sa tête? demandai-je avec un peu de mauvaise humeur dans la voix, que me racontez-vous là? Il passe la nuit du samedi au dimanche à monnayer sa tête de porte en porte?

– Exactement, répondit le patron sans se démonter. Pourtant, je lui ai bien dit, le marché est saturé, ici!

– Mais saturé de quoi, sacrebleu? hurlai-je.

– De têtes, donc! Croyez-vous que cela nous manque par ici? Il y en a déjà de trop!

– Vous me prenez pour un novice? dis-je en m'efforçant au calme, vous feriez mieux de cesser de me raconter ces bobards ridicules!

– Novice ou pas novice, dit tranquillement le patron en se taillant un cure-dents dans un éclat de bois avec un couteau de marin, j'ai bonne idée que vous seriez tout simplement passé à tabac si vous vous avisiez de lui dire du mal de sa tête !

– Ah oui ? Eh bien, je la lui casserai, moi, sa tête !

– Vous perdriez votre temps, elle l'est déjà.

– Déjà quoi ? Déjà cassée ?

– Eh oui, c'est bien triste ! C'est d'ailleurs pour cela qu'il n'arrive pas à la vendre !

– Dites donc, patron, fis-je alors en me levant, cette fois cela suffit, je viens chez vous tranquillement vous demander une chambre, vous me proposez de partager le lit d'un harponneur, ce qui n'est déjà pas tellement agréable, et maintenant vous me racontez des histoires à dormir debout, sur un fou qui propose sa tête aux passants ! Alors, parlez clair et dites-moi quel est cet homme que je demande encore à apercevoir ! Je vous signale qu'en cas de malheur je vous traînerai devant les tribunaux !

– Bon, bon, dit le patron en haussant les épaules, voilà un bien long discours, jeune homme, pour une simple plaisanterie ! En deux mots, mon harponneur, comme vous dites, arrive tout juste des mers du Sud, où il a fait l'emplette de quelques têtes humaines, momifiées par les sauvages de Nouvelle-Zélande. C'est une curiosité, vous savez ! Il les a toutes vendues, sauf une, qui est abîmée. C'est celle-là qu'il essaie de vendre d'ici à demain matin, parce que vous comprenez bien que ce ne serait pas convenable de vendre des têtes un dimanche quand les gens vont à l'église ! C'est pourtant ce qu'il voulait faire dimanche dernier ; il partait tranquillement avec quatre ou cinq têtes suspendues à une ficelle en bandoulière, comme des oignons ! J'ai eu toutes les peines du monde à l'arrêter ! »

Je compris enfin que le patron parlait sérieusement.

« Mais dites-moi, il m'a l'air d'un homme dangereux, votre harponneur !

– Il paye régulièrement, c'est tout ce que je peux dire. Au reste, je ne le crois nullement méchant. Mais ne voulez-vous pas vous coucher ? Vous feriez mieux de plonger ! C'est un sacré bon lit, vous savez ! D'ailleurs, c'est bien simple, j'y ai dormi moi-même pendant des années, avec Sally, après notre euh... mariage, quoi ! Enfin, bref, montez avec moi, je vais vous le montrer ! »

Il alluma une chandelle et me la tendit. Comme j'hésitais encore, il ajouta avec impatience :

« Oh ! mon Dieu ! En voilà des histoires ! Allez, allez, c'est déjà dimanche ! Aussi bien, vous ne verrez pas le harponneur de la nuit, il aura trouvé une bouée quelque part ! Alors, vous venez, oui ? »

Je finis par monter avec lui.

J'entrai dans une chambre aussi froide qu'une huître, mais véritablement meublée d'un lit prodigieux, un lit formidable où auraient pu tenir à l'aise quatre harponneurs côte à côte !

« Et voilà ! dit le patron en collant sa chandelle sur une espèce de meuble, vous y êtes ! Allez, bonne nuit ! »

J'ouvris la bouche pour répondre, mais il avait déjà disparu.

Je posai mon sac et me mis en devoir d'inspecter la chambre avec méfiance. Je rabattis le couvre-lit et l'édredon et examinai attentivement les draps et les couvertures. Ce n'était peut-être pas élégant, mais c'était incontestablement propre.

Le reste de la chambre se composait d'une table

grossière et solide, d'une sorte de buffet et d'un dessus de cheminée représentant un canot attaquant une baleine. Pour le reste, il n'y avait qu'un grand sac de marin tenant visiblement lieu de malle à mon harponneur, et un hamac roulé dans un coin. Sur l'étagère au-dessus de la cheminée, je trouvai un paquet de singuliers hameçons, taillés dans un os très dur, à ce qu'il me sembla. Au chevet du lit était appuyé un immense harpon.

Mais ce qui me remplit le plus d'étonnement, ce fut un étrange objet jeté sur le buffet et dont j'essayai en vain de m'expliquer l'origine et l'emploi. Je ne pouvais le comparer qu'à une sorte de grand paillasson bordé de petits morceaux de fer découpés et cliquetants, ressemblant vaguement à ces mocassins que les Peaux-Rouges ornent de piquants de porc-épic. Il y avait un trou au milieu, ou une fente, à la façon des ponchos d'Amérique du Sud, mais je voyais mal quelqu'un, fût-ce le mystérieux harponneur, enfiler cet accoutrement et aller se promener dans les rues, ainsi vêtu d'un gratte-pied.

Plein de curiosité, j'enfilai cet extraordinaire vêtement et faillis m'écrouler tant il était incroyablement lourd. De surcroît, il était fort humide. Ayant jeté un coup d'œil dans la glace pour voir de quoi j'avais l'air ainsi vêtu, je me hâtai de me débarrasser de cette défroque : le spectacle en était aussi effroyable qu'étonnant.

Bref, je m'assis au bord du lit en réfléchissant à la conduite à tenir envers le légitime possesseur de cet abominable poncho, de ces têtes momifiées, de ces hameçons d'os et de ce harpon. Puis, j'enlevai ma veste et mon gilet et je réfléchis encore un peu en manches de chemise. Comme je commençais à avoir froid, je haussai les épaules, ôtai précipitamment mes bottes et, sans autre forme de procès, me fiant à la Providence, je soufflai la chandelle et sautai dans le lit.

Je ne sais si le matelas était rembourré de noyaux de pêche ou d'épis de maïs, mais je peux garantir qu'il était exceptionnellement dur, et que je restai longtemps à me tourner et à me retourner dans ce lit. Enfin, je glissais insensiblement dans le sommeil lorsque des pas fort lourds résonnèrent sur les planches du couloir et un rai de lumière passa sous la porte.

« Seigneur Dieu ! m'écriai-je tout bas, voilà le harponneur ! Voilà le vendeur de têtes ! Protégez-moi, Seigneur ! »

Mais je demeurai allongé dans le lit sans bouger, la couverture ramenée jusqu'au nez, et bien décidé à ne pas dire un mot avant que le personnage ne m'eût adressé la parole.

L'étranger, la chandelle d'une main, balançant de l'autre sa tête momifiée et ricanante de Nouvelle-Zélande, referma la porte d'un coup de talon et, sans accorder le moindre regard au lit, il posa sa chandelle à terre et s'employa à défaire les nœuds de son sac de marin. J'étais curieux de voir au moins son visage et je risquai un œil au-dessus des draps. A ce moment, il tourna la tête vers la lumière et je le vis en plein. Quel spectacle ! Quelle figure ! Il n'était pas jaune, il n'était pas rouge, il n'était pas noir, il était tout en même temps et une bonne partie de son visage était marqué de petits damiers noirâtres !

« C'est épouvantable, pensai-je, c'est un terrible bagarreur, il vient de se battre et il en est sorti à moitié défiguré ! »

Cependant, j'eus tout à coup le pressentiment de la vérité : il était tatoué sur toute la figure ! Remarquez que l'on peut être tatoué sur toute la figure et fort honnête homme quand même, mais que penser de ce teint extravagant ? A-t-on jamais entendu dire que le soleil des tropiques ait fait passer le teint d'un Européen ou d'un Américain au pourpre et au jaune violacé ? Je ne savais que penser lorsque le harponneur, qui n'avait toujours pas remarqué ma présence, tira de son sac une sorte de hache, ou de tomahawk, et une bourse en peau de phoque garnie de ses poils. Il jeta négligemment dans son sac la tête de Nouvelle-Zélande – une chose assez effroyable, il faut le dire – et enleva son chapeau. Je faillis hurler de saisissement : il n'avait pas un cheveu sur la tête ! Rien, sauf une sorte de petite touffe nouée sur le front !

S'il n'avait pas été entre moi et la porte, je n'aurais fait qu'un bond dans l'escalier. Je songeai même sérieusement à sauter par la fenêtre, bien que la chambre fût au deuxième étage. Mais je ne bougeai pas, tant j'étais pétrifié par l'effroi et le saisissement.

Pendant ce temps, cet espèce de cannibale se déshabillait et je constatai que les tatouages de ses joues se prolongeaient sur ses bras et sa poitrine. Ils descendaient également sur ses jambes, autour desquelles il semblait qu'une armée de grenouilles fût en train de monter à l'assaut. Il m'était maintenant évident que le fameux harponneur était tout simplement un anthropophage, embarqué par Dieu sait quel navire dans une île perdue des mers du Sud !

Mais je n'eus pas le temps de penser plus loin tant je suivais avec attention la bizarre cérémonie à laquelle se livrait alors mon sauvage, et qui me convainquit que j'avais bel et bien affaire à un païen. Allant jusqu'à son lourd caban qu'il avait pendu à un clou, il en fouilla les poches pour en extirper une espèce de figurine bossue et difforme que je pris tout d'abord pour un bébé noir réduit et momifié comme les fameuses têtes. Mais je constatai bientôt que cela avait l'air bien trop lourd et bien trop luisant, et que ce devait être plutôt une sorte d'idole taillée dans un bois noir ressemblant à l'ébène. Je ne me trompais pas : le sauvage se baissa devant la cheminée vide, en releva le tablier et déposa sa figurine bossue dans la cendre, entre les chenets. Le vent qui hurlait dans la cheminée, la suie qui barbouillait les parois de l'âtre, tout cela me paraissait un autel tout indiqué pour une idole païenne !

Au bout d'un instant, l'homme prit dans sa poche une poignée de copeaux qu'il disposa soigneusement devant l'idole et il alluma un petit feu de sacrifice, en quelque sorte, après y avoir posé un morceau de biscuit de mer qui se mit bientôt à rôtir et à griller, puis à charbonner. Il souffla alors sur les copeaux et, malgré la chaleur brûlante du morceau de biscuit, offrit à deux mains et d'un air solennel ce toast fumant à son petit dieu, ou plutôt son petit diable. Malgré la politesse de cette offrande, le diablotin en question parut peu impressionné et resta véritablement de bois. Ces singulières occupations s'accompagnaient de mélopées gutturales ou de psalmodies que le sauvage proférait à mi-voix, avec un visage qui se convulsait de manière incroyable.

Enfin, quand il eut bien vu que le diablotin ne bougerait pas, l'homme éteignit le feu et, sans cérémonie aucune, s'empara de la petite idole et la jeta dans sa poche avec autant de religion qu'un chasseur fourrant une alouette dans sa carnassière.

Je m'agitai légèrement, songeant qu'il était vraiment temps de manifester ma présence quand, tout à coup, le sauvage prit son tomahawk, le retourna côté hache vers le sol, bourra l'autre côté de tabac, l'alluma à la lampe et se mit à souffler de grands nuages de fumée. Puis, il éteignit brusquement la lumière et se fourra d'un bond sous les draps, tenant toujours entre les dents sa pipe tomahawk.

Cette fois, je poussai un hurlement de terreur et, avec un grognement d'étonnement, le sauvage se mit en devoir de me palper. Je ne sais ce que je pus bafouiller, sinon que je le suppliai de me laisser me lever et de rallumer la lumière. J'y réussis tant bien que mal sans attendre sa permission, car ses grognements gutturaux et ses réponses en une langue inconnue ne me montraient que trop qu'il ne comprenait pas ce que je disais.

« Quoi vous être ? dit-il finalement quand j'eus rallumé la lumière, vous diable ? Vous parler moi, crébongu ! Moi touer vous ! Crébongu ! Couic !

– Au secours ! fis-je, hurlant de toutes mes forces, au secours ! Patron ! Peter Coffin ! A l'aide ! » Cela avec d'autant plus de vigueur que le sauvage agitait à deux pouces de mon visage sa pipe-tomahawk dont le tranchant luisait sinistrement tandis que l'autre côté répandait des torrents d'étincelles.

Là-dessus, le patron accourut à mes cris et je sautai du lit.

« Allons, allons, dit cet homme abominable en ricanant, calmez-vous ! Quequeg ne toucherait pas un seul de vos cheveux !

– Mais, au nom du ciel, patron, pourquoi ne m'avez-vous pas dit que cet homme était un cannibale ?

– Eh ! J'ai cru que vous l'aviez compris. Qui voulez-vous qui aille se promener en vendant des têtes par la ville ? Mais cessez de faire du bruit et recouchez-vous. Ecoutez-moi, Quequeg, dit-il au sauvage, moi comprends vous et vous comprend moi, oui ? Bon ! Cet homme-là dormir avec vous, vous comprendre ? »

Le sauvage parut considérablement se détendre :

« Moi compris, beaucoup compris, dit-il en tirant avec vigueur sur son calumet et en s'asseyant sur le lit. Vous dormir avec Quequeg. Vous entrer là ! »

Et il me montra le lit avec beaucoup de politesse et même, dirais-je, beaucoup de bonne volonté. J'hésitais encore en le regardant avec un reste d'inquiétude, mais je m'aperçus que si l'on était prévenu, et malgré ses tatouages, ce cannibale avait l'air finalement plutôt propre et même aimable. Et après tout, me dis-je, il vaut mieux dormir avec un cannibale à jeun qu'avec un chrétien ivre !

« Bon, dis-je au patron, dites-lui que je veux bien dormir avec lui, mais d'abord, il faut qu'il dépose sa hache, ou sa pipe, ou son je ne sais quoi. Je ne veux pas dormir avec un homme armé qui risque de mettre le feu à la maison ! »

Traduction faite, le sauvage se soumit de fort bonne grâce et se poussa tout à fait à l'extrémité du lit, comme pour me montrer qu'il y avait bien assez de place pour qu'il ne puisse même m'effleurer pendant la nuit.

« Très bien, dis-je au patron, je me recouche, bonsoir. »

CHAPITRE III

LE PETIT DÉJEUNER

Au petit matin je me réveillai avec une curieuse sensation. Je constatai bientôt qu'en dormant Quequeg s'était rapproché de moi et m'entourait de son bras de la manière la plus affectueuse.

« Allons, bon ! » me dis-je.

Je remarquai d'ailleurs que le bras tatoué de Quequeg se confondait presque parfaitement avec les différents morceaux du patchwork qui composait le couvre-lit.

Je dois dire qu'au bout d'un instant le comique de la situation m'apparut et que je pouffai de rire dans les couvertures. Car j'avais beau essayer de me dégager de l'amicale étreinte du harponneur cannibale, je ne pouvais même bouger son bras qui restait à sa place aussi solide qu'une patte d'ancre. J'essayai alors de le réveiller en appelant : « Quequeg! Quequeg! » Mais en vain : autant vouloir réveiller une bûche ! Seul un ronflement répondait à mes appels. J'eus alors un mouvement qui me fit heurter quelque chose de pointu et de blessant sur le côté. Je découvris à tâtons que le tomahawk du sauvage dormait avec nous, comme un bébé à tête de hache ! Seigneur Dieu ! Dormir avec un sauvage armé de son tomahawk !

Enfin, à force de contorsions et d'appels, je réveillai Quequeg, qui se dressa brusquement sur son séant en s'ébrouant comme un chien qui sort de l'eau. Il me regarda d'abord d'un air ahuri, puis parut me reconnaître et me sourit aimablement. Alors, il sauta du lit et me fit comprendre à l'aide de force gestes et exclamations qu'il allait s'habiller tout d'abord et me laisser la libre disposition de la chambre pour procéder tranquillement à ma toilette. Je trouvais que Quequeg faisait véritablement preuve d'une délicatesse que beaucoup d'Européens eussent pu lui envier, à commencer par moi qui le contemplais aller et venir par la chambre sans penser une seconde qu'il pouvait s'en trouver gêné. Il est vrai que le spectacle de Quequeg s'habillant n'était pas banal et l'on me pardonnera peut-être mon indiscrétion. En effet, il commença par se coiffer de son chapeau, un vaste chapeau de castor tout neuf, avant de se mettre à la recherche de ses bottes – toujours sans pantalon. Ses bottes retrouvées, je ne sais quelle pudeur singulière s'empara de lui, mais il lui fallut absolument se cacher sous le lit, je dis bien sous le lit, pour les enfiler. Il en ressortit couvert de poussière, et le chapeau considérablement cabossé, mais ses bottes mises – quoique toujours sans pantalon. A ce moment, je m'aperçus que notre chambre n'avait pas de rideaux et que la fenêtre donnait directement sur celles de la maison d'en face. Je m'inquiétai du spectacle extraordinaire qu'aurait pu offrir Quequeg si d'aventure quelque habitant de la maison voisine s'était avisé de jeter un coup d'œil sur nos croisées. Je suppliai le harponneur d'enfiler au plus vite son pantalon, ce qu'il fit d'ailleurs immédiatement,

se rendant à mes raisons. Après quoi, il se lava à grande eau et se savonna énergiquement la figure pour se raser. Je me demandais d'où il allait tirer son rasoir. A ma grande stupéfaction, il attrapa son harpon, en repassa rapidement le fer sur sa botte et entreprit de se raser avec cet épouvantable instrument. Je m'en étonnai moins par la suite lorsque j'eus compris de quel extraordinaire acier est fait le fer d'un harpon et à quel point il peut couper. Néanmoins, on avouera que c'est là un rasoir encombrant.

Après quoi, Quequeg enfila sa veste en peau de singe, se saisit de son harpon et descendit dans la salle à manger.

Je le suivis bientôt et le rejoignis au bar où je saluai le patron avec bonne humeur, riant le premier de mes angoisses de la veille et de l'innocente plaisanterie de cet homme de bien.

Tous les pensionnaires de la maison étaient réunis dans le bar, attendant le déjeuner. Presque tous étaient des baleiniers, des harponneurs, des charpentiers, des tonneliers ou des forgerons de bord ; tous gens solides, hâlés, musclés et hirsutes, tous affublés de leurs vêtements de singe à longs poils en guise de robe de chambre.

Bientôt le patron ouvrit la porte en criant : « A la soupe ! »

On dit que les hommes ayant beaucoup navigué et voyagé y gagnent une aisance incomparable en société. Peut-être est-ce vrai lorsqu'on voyage en calèche ou en train, mais sans doute la compagnie des chiens de traîneaux ou des baleines, le hamac grinçant de l'entrepont, les fourrures graisseuses de la hutte laponne, ou la tanière de feuilles du Pygmée offrent moins d'occasions d'acquérir ce vernis social. En effet, alors qu'étant tous réunis autour de la table je m'attendais à entendre des rires et de bonnes histoires, comme il arrive généralement lorsque des gens de même métier sont assemblés tous ces hommes vigoureux et tannés par les intempéries gardaient un profond silence. La plupart semblaient même embarrassés.

Eh oui! Tous ces gaillards, dont la plupart avaient attaqué sans broncher, même la première fois, les plus gigantesques cachalots, étaient timides comme des jeunes filles!

Quant à Quequeg, qui par hasard présidait la table, il était muet comme une carpe. Naturellement, je ne puis faire un très grand éloge de ses manières : même son plus ardent défenseur aurait eu du mal à l'excuser d'avoir pris son harpon avec lui et de le brandir au-dessus des têtes pour harponner les biftecks situés de l'autre côté de la table!

Mais s'il est vrai que, quoi qu'on fasse, agir avec sûreté, calme et naturel, c'est agir avec distinction, alors Quequeg harponnait ses biftecks avec distinction. Il semblait d'ailleurs professer un goût particulier pour les biftecks saignants et négligeait complètement les petits pains chauds et le café. Bref, selon nos mœurs, Quequeg avait encore beaucoup à apprendre. Mais peut-être, après tout, aurais-je eu beaucoup à apprendre avant de passer pour un gentleman dans le pays de Quequeg!

CHAPITRE IV

VIE DE QUEQUEG

J'avais laissé Quequeg fumant tranquillement sa pipe-tomahawk à l'Auberge du Souffleur. Quand j'y revins quelques heures plus tard – après avoir entendu dans une église un extraordinaire sermon sur Jonas et la baleine, fait par un pasteur ancien baleinier à des familles de baleiniers et en termes de baleinier – je retrouvai Quequeg dans notre chambre. Il était fort occupé à lire un livre. Ou du moins, c'est ce que je crus tout d'abord. Car, bientôt, je m'aperçus qu'il ne lisait pas – et il ne savait pas lire, bien entendu –, il comptait les pages avec étonnement. Il en comptait cinquante, mettait une marque et recommençait. Le grand nombre de fois que le livre contenait cinquante pages le remplissait d'une admiration et d'une joie évidentes.

Je me sentis tout à coup pris d'une grande amitié pour ce sauvage tatoué. Puisque j'ai si souvent trouvé le mensonge et la méchanceté dans l'amitié des gens dits civilisés, je vais essayer celle d'un ami païen, me dis-je. Et je m'approchai de lui, avec des gestes et des signes d'amitié, tout en essayant d'engager la conversation. Il ne fit d'abord pas attention à moi, estimant sans doute que c'était là mon habitude de gesticuler à certaines heures et qu'il eût été indiscret de m'en demander la raison. Puis, lorsqu'il eut compris que je m'adressais bel et bien à lui, il me demanda dans son bizarre langage si nous dormirions encore ensemble la nuit suivante. Ma réponse, affirmative, parut lui être agréable et même, à ce qu'il me sembla, l'honorer, en quelque sorte.

Nous nous mîmes alors à feuilleter ensemble le livre et j'entrepris de lui expliquer à quoi servaient les signes et les lettres, et le sens des gravures que contenait l'ouvrage. Son intérêt fut prodigieusement éveillé, et nous nous mîmes à baragouiner à toute vitesse, avec d'infinis efforts réciproques. Je proposai bientôt de fumer la pipe de l'amitié. Il sortit alors sa blague à tabac et sa pipe-tomahawk et nous restâmes longuement à fumer tour à tour ce calumet barbare.

Il semble que cette cérémonie lui inspira à mon égard des sentiments de sympathie aussi vifs que les miens car, lorsque nous eûmes fini de fumer, il appuya solennellement son front contre le mien, noua ses bras autour de ma poitrine et me déclara que désormais nous étions frères à la mode de son pays ; si besoin était, il donnerait volontiers et avec plaisir sa vie pour moi.

Après le dîner, il me fit cadeau de sa tête momifiée, puis, fouillant dans son immense blague, il sortit de sous le tabac une trentaine de dollars d'argent dont il fit deux parts égales. Il en poussa une vers moi en me disant qu'elle m'appartenait. Et, malgré mes protestations, il me força de les accepter en les mettant dans la poche de mon pantalon. Bref, je finis par accepter.

Ensuite de quoi, il commença ses prières du soir en sortant de son sac le petit diablotin de bois noir et en dégageant le manteau de la cheminé. Il me fit alors comprendre qu'il souhaitait vivement que je me joignisse à lui dans l'adoration du fétiche. Je fronçai les sourcils et me grattai la tête, me demandant si je devais ou non m'associer à cette cérémonie païenne. Car je suis un bon chrétien, né et élevé dans la religion presbytérienne, et adorer un morceau de bois noir me paraissait quelque peu difficile. Il m'était également difficile de décevoir mon nouvel ami.

J'optai donc pour un moyen terme, à savoir que l'endroit où l'on prie étant finalement égal à Dieu, peu lui importe que je le prie devant un morceau de bois ou dans un temple, du moment que je sais de quoi il retourne. Bref, je fis de bon gré quelques salamalecs à l'innocente figurine, je lui offris du pain brûlé qu'elle refusa, et lui embrassai le nez. Cela tout en priant Dieu dans mon cœur.

Après quoi, nous nous déshabillâmes et nous gagnâmes le lit.

Or, comme il n'y a pas de meilleur endroit que le lit pour bavarder, surtout quand la tempête hurle au-dehors, nous restâmes un long moment à bavarder en fumant, nous passant le calumet à tour de rôle et rejetant d'épais nuages de fumée bleue et odorante. Et c'est ainsi que Quequeg me raconta son histoire.

Quequeg était natif de Kokovoko, île située fort loin dans l'ouest et le sud. Elle ne figure sur aucune carte, ce qui est d'ailleurs le propre de nombreux endroits véritables.

Or Quequeg, qui n'était alors qu'un adolescent vêtu d'un pagne de feuilles, et gambadant dans la nature, était un jeune homme ambitieux. Il avait un vif désir de voir de la chrétienté autre chose que les douteux spécimens épisodiquement apportés par des baleiniers de passage. Son père était un roi, un grand chef, son oncle un grand-prêtre. Du côté maternel, il se vantait de tantes qui étaient les épouses de combattants invincibles. Bref, Quequeg avait du sang bleu, un sang bleu hélas un peu corrompu par les habitudes anthropophagiques qui avaient bercé son innocente jeunesse.

Lorsqu'un bâtiment américain relâcha dans la baie paternelle, Quequeg demanda avec enthousiasme à embarquer, pour se faire une opinion *de visu* sur les territoires chrétiens. Cette requête ayant été repoussée - l'équipage était au complet -, et ce malgré toutes les amicales pressions gouvernementales de son père, Quequeg n'hésita pas. Il partit seul dans sa pirogue, pagayant à tour de bras, jusqu'à une passe que le navire devait obligatoirement emprunter pour quitter le mouillage de l'île.

Et lorsque le navire emprunta effectivement la passe, Quequeg jaillit de sous les mangroves avec sa pirogue, agrippa les chaînes de l'ancre et fit chavirer son embarcation d'un coup de talon. Grimpé sur le navire, il se jeta à plat pont et s'accrocha à une bitte d'amarrage en jurant ses grands dieux qu'il faudrait le couper en morceaux pour lui faire lâcher prise. Les menaces du capitaine n'y changèrent rien : Quequeg était fils de roi et un fils de roi ne se laisse pas impressionner par un sabre d'abordage prêt à lui trancher les poignets. Bref, on finit par l'enrôler comme simple matelot, tout fils de roi qu'il était, à l'instar du tsar Pierre le Grand, qui travaillait incognito comme charpentier sur les chantiers navals.

Le but de Quequeg en s'embarquant était, me dit-il, d'étudier les mœurs et coutumes des chrétiens et d'apprendre les arts et les sciences qui auraient pu faire le bonheur futur de son peuple. Hélas, la fréquentation des baleiniers lui donna une piètre idée de la chrétienté et, quand il vit de quelle façon les matelots dépensaient leur paye une fois à terre, Quequeg décida de rester païen. Cependant, il s'efforçait de poursuivre ses études et de parler le charabia qui tenait lieu de langue aux peuples dits civilisés. Ces études, en somme, en étaient à mi-chemin, ce qui donnait à Quequeg cette façon d'être pour le moins singulière, ce langage personnel et ces manières mi-chair mi-poisson.

Je lui demandai s'il n'avait pas envie de retourner dans son île et de s'y faire couronner roi, puisque, selon les dernière nouvelles qu'il en avait reçues, le monarque son père était fort affaibli. Mais Quequeg estimait que le temps n'en était pas encore venu, le contact des chrétiens l'ayant provisoirement perverti et rendu indigne d'accéder à ce trône sans tache où l'avaient précédé trente rois païens sans peur et sans reproche. En attendant, il était décidé à naviguer encore, et, puisqu'on avait fait de lui un harponneur, à garder son harpon en guise de sceptre.

Je lui demandai quels étaient ses projets immédiats :

il me répondit qu'il souhaitait reprendre au plus tôt la mer, sa véritable vocation. Comme je lui disais que pour ma part je comptais essayer de m'embarquer à Nantucket sur un baleinier, il résolut aussitôt de m'accompagner dans cette île, d'embarquer sur le même navire et d'y prendre les mêmes quarts, la même gamelle que moi, bref d'être ce qu'on appelle mon «matelot».

J'en fus intérieurement ravi, car, outre la sympathie que m'inspirait désormais le prince Quequeg, ledit prince était un harponneur vétéran et un vieux routier dont la compagnie ne pouvait manquer d'aider considérablement le novice que j'étais, en ce qui concernait tout au moins les étrangetés des équipages de baleiniers.

Là-dessus, nous nous donnâmes l'accolade et, nous tournant chacun de notre côté, nous nous endormîmes du sommeil du juste.

CHAPITRE V

LE VARECH

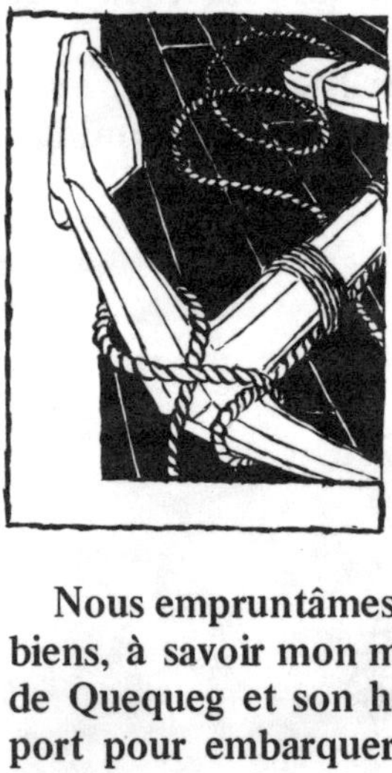

Le lendemain matin, après avoir vendu la tête de Quequeg à un coiffeur qui comptait en faire un présentoir à perruques, je réglai notre note - avec l'argent de Quequeg, je dois dire.

Le patron Peter Coffin semblait au comble de l'amusement à voir la soudaine amitié qui m'unissait au harponneur cannibale dont je m'étais si fort inquiété deux soirs auparavant.

Nous empruntâmes une brouette pour transporter nos biens, à savoir mon mince sac de voyage, le sac de marin de Quequeg et son hamac, et nous descendîmes vers le port pour embarquer sur le *Varech*, petite goélette qui faisait le service régulier entre New Bedford et l'île de Nantucket. De temps en temps, Quequeg rajustait le fourreau sur le fer de son harpon barbelé. Je lui demandai pourquoi il s'encombrait à terre d'un outil aussi incommode et dangereux, et si les baleiniers ne fournissaient pas les harpons à bord, mais il me répondit qu'il était fort attaché à celui-là, qu'il était d'excellente qualité, qu'il avait fait maintes fois ses preuves au cours de combats dangereux et pénétrait fort profondément à l'intérieur des baleines. Ces explications me parurent plus que suffisantes.

Nous gagnâmes le pont.

Quelques instants après notre embarquement, la goélette appareilla et descendit la rivière Acushnet. Bientôt nous étions en pleine mer.

Au fur et à mesure que nous poussions vers le large, le vent fraîchissait et les vagues grises de l'Atlantique commencèrent à balayer de paquets d'embruns l'avant du petit *Varech,* qui mettait régulièrement, comme on dit, « le nez dans la plume ».

Ah ! comme j'aspirais à pleins poumons ce vent salé et intraitable ! Comme je me remplissais la poitrine de ces brises sauvages ! Comme j'avais l'impression de laisser derrière moi toutes les misères et les bassesses de la terre ferme, toute cette poussière remuée par des talons d'esclaves ! Quequeg, à mes côtés, semblait pris de la même ivresse, ses sombres narines dilatées, et ses lèvres tatouées retroussées sur ses dents taillées en pointe, tandis que le vent vibrait dans les cordages !

Penchés sur la lisse côte à côte, nous regardions filer sans trêve les tourbillons de bulles et d'écume de la longue houle du nord se brisant à l'assaut du navire. Chaque filin, chaque manœuvre, chaque toron de fil de caret résonnait comme une corde à violon ; perdus, envoûtés par ce spectacle sans fin, nous mîmes longtemps à nous apercevoir que les autres passagers nous lançaient des coups d'œil ironiques. Il semble que de nous voir si fraternellement unis étonnait beaucoup cette collection de terriens stupides, comme si l'amitié était chose impossible entre un homme pâle et un homme bronzé.

Tout à coup, Quequeg se retournant vit un jeune dadais occupé à faire rire ses camarades en le singeant derrière son dos. Je crus bien que la dernière heure du blanc-bec était venue, tout comme le blanc-bec lui-même, sans aucun doute! Laissant brusquement choir son harpon, l'homme des îles attrapa le malheureux à bras-le-corps et avec une force et une adresse proprement stupéfiantes, le projeta en l'air et, au moment où il retombait, lui donna une claque sur les fesses. Le pauvre dadais retomba sur le pont à plat ventre, les yeux hors de la tête et les poumons sur le point d'éclater; cependant, Quequeg, lui tournant le dos, allumait tranquillement sa pipe-tomahawk et me la passait pour que j'en tire une bouffée.

« Capitine! Capitine! » hurla le blanc-bec d'une voix aiguë en se relevant et en courant vers l'arrière où se trouvait le « capitine ». « Au secours, capitine! Il a voulu me tuer! »

L'officier en question se précipita : c'était un petit homme rageur qui apostropha Quequeg :

« Par tous les diables, monsieur, ne voyez-vous pas que vous auriez pu tuer ce gentleman ?

– Quoi qu'y dit? me demanda flegmatiquement Quequeg.

– Il dit que tu aurais pu tuer ce monsieur-là! répondis-je en désignant du doigt le gandin encore blême et tremblant, à demi caché derrière le capitaine.

– Touer ? » s'étonna Quequeg avec une expression de mépris impossible à décrire. Et, se redressant de ses cent quatre-vingt-cinq centimètres : « Ah ! Pétit bonhomme-là ! Non ! Quequeg pas touer pétis poissons, Quequeg touer grands cachalots énormes ! Yeah ! »

Et il ramassa son harpon.

« Je vous préviens, rugit le capitaine, je vous préviens, moi touer vous, espèce de sauvage de cannibale, si vous faire encore mauvais tour à bord ! Prenez garde ! »

Mais ce fut le capitaine qui dut prendre garde à l'instant même car un brusque coup de vent fit soudain sauter l'écoute du vent et l'énorme bôme déséquilibrée se mit à balayer le pont en sautant de droite et de gauche, fauchant tout sur son passage. Personne n'osait faire quoi que ce fût, chacun restait pétrifié d'horreur en regardant, les yeux écarquillés, cet énorme fléau qui fit pour première victime le gandin corrigé par Quequeg. Avec un cri de désespoir, le malheureux fut cueilli en plein corps par la pièce de bois et passa par-dessus bord.

Cependant, Quequeg, se jetant sur le pont avec agilité, saisit un filin, y fit une boucle coulante, amarra l'autre extrémité à un cabillot et, profitant du moment où l'espar repartait dans son mouvement de balancier, l'attrapa comme au lasso. En retombant, la bôme se trouva immobilisée et tout rentra dans l'ordre.

Pendant ce temps, l'équipage mettait hâtivement le canot à la mer pour porter secours au naufragé ; mais Quequeg, se déshabillant jusqu'à la ceinture en un tournemain, avait déjà plongé.

Pendant deux ou trois minutes, on vit ses longs bras et ses formidables épaules tatouées le propulser en avant dans une nage singulière mais incomparablement puissante; sa tête rasée se tourna de tous côtés, cherchant le malheureux, mais rien ne se voyait sur les vagues. D'un mouvement souple, Quequeg plongea et disparut. Quelques instants plus tard, il reparaissait, nageant d'un bras et tirant de la main gauche un paquet inanimé qu'il tenait par les cheveux. Le canot les recueillit instantanément. Le pauvre gandin fut ranimé à grands renforts de frictions et de grogs bouillants. L'équipage fit un ban à Quequeg et le capitaine vint lui serrer la main en implorant son pardon. Pour ma part, je regardais Quequeg avec la plus grande vénération; de ce jour je m'attachai à lui comme une huître à un rocher, et cela jusqu'à ce que, hélas, Quequeg eût fait son dernier et définitif plongeon.

Quant à Quequeg, il demanda seulement de l'eau douce pour se rincer, se sécha, se rhabilla et se mit à fumer tranquillement sa pipe avec l'air de dire: « Il faut bien que nous autres, cannibales, nous aidions ces chrétiens, puisqu'ils sont tellement incapables! »

Le reste de la traversée se passa sans incident et, quelques heures plus tard, nous arrivâmes à Nantucket.

CHAPITRE VI

NANTUCKET

La soirée était trop avancée quand nous mîmes le pied sur le quai pour faire quelque chose de bon ce jour-là. Aussi nous mîmes-nous en quête d'un endroit où passer la nuit. Le patron de l'Auberge du Souffleur nous avait recommandé la maison tenue par son cousin, Osée Hussey, à l'enseigne des Deux Marmites, l'auberge la mieux tenue de tout Nantucket, à son dire, et célèbre pour ses soupes de poisson.

Malheureusement, le chemin qu'il nous avait indiqué, et qui consistait à suivre par tribord un entrepôt jaune jusqu'à ce que nous apercevions une église blanche par bâbord, puis de gagner par bâbord un carrefour par trois points à tribord et, cela fait, de demander au premier venu la direction de l'auberge, ces indications, dis-je, manquaient de précision. Quequeg soutenait que l'entrepôt devait se trouver par bâbord, moi par tribord. Bref, Nantucket n'est pas très grand, et, après avoir erré quelque peu et tiré de leur digestion plusieurs paisibles bourgeois en sonnant à leur porte pour demander notre chemin, nous arrivâmes à une enseigne qui ne permettait aucune méprise.

Il s'agissait de deux énormes marmites en bois, peintes en noir et suspendues de part et d'autre d'un vieux mât de hune planté en terre. A la nuit tombante, on aurait dit une potence avec deux pendus, ce qui n'avait rien de réjouissant. J'eus un frisson et trouvai ce spectacle de mauvais augure.

Nous entrâmes sans plus de façons et, là, nous fûmes accueillis par une femme à cheveux rouges, constellée de taches de rousseur et vêtue d'une robe jaune, qui s'avéra être Mme Osée Hussey. M. Osée Hussey, étant absent pour le moment, avait laissé le gouvernement en régence, et les affaires n'en marchaient pas plus mal. Mme Hussey nous fit asseoir à une table encore couverte des débris du repas précédent et nous demanda à brûle-pourpoint :

« La palourde ou la morue ?

– Comment est la morue ? » demandai-je poliment.

Mais elle répéta avec impatience :

« La palourde ou la morue ?

– *La palourde ?* m'étonnai-je, n'y en a-t-il qu'une seule ? »

Elle ne m'écoutait déjà plus et, tournée vers la cuisine, criait, ou plutôt braillait :

« Deux palourdes ! deux ! »

Là-dessus, elle disparut.

« Quequeg, dis-je pensivement, penses-tu que nous aurons assez de deux palourdes pour dîner ? »

Mais bientôt, un délicieux parfum qui s'échappait de la cuisine vint calmer nos inquiétudes, et quelques minutes plus tard, une énorme soupière fumante me causa l'une des plus réjouissantes surprises de ma vie ! Oh ! mes enfants ! Quelle soupe ! Imaginez d'exquises petites palourdes juteuses, à peine cuites, intimement mélangées à des lardons, nageant dans un délicieux bouillon enrichi de beurre et de lait et où trempaient des biscuits de mer délicieusement émiettés et généreusement assaisonnés ! Cette grandiose réussite culinaire était de surcroît le plat préféré de Quequeg ; c'est dire si, affamés par notre voyage au grand air, nous fûmes longs à terminer la soupière ! Je me balançai alors un moment sur ma chaise en réfléchissant à la question de Mme Hussey : « Palourde ou morue ? ». Et je décidai de tenter une petite expérience. Je me levai, me dirigeai vers la porte de la cuisine et hurlai de mon mieux, et avec le plus d'emphase possible, les mots : « Morue ! Deux ! »

Au bout d'un moment, une vapeur aussi délicieuse que la première, mais d'un parfum différent, s'échappa de la cuisine, et bientôt une seconde soupière fut apportée sur notre table. Nous avalâmes de grand cœur cette mémorable soupe à la morue.

Nous étions enchantés.

Nous le fûmes un peu moins lorsque la bonne Mme Hussey nous donna nos clefs et notre chandelle en nous demandant :

« Et pour le petit déjeuner, les gars ? Palourde ou morue ? »

On ne mangeait que cela, aux Deux Marmites, et l'odeur indéfinissable qui imprégnait notre chambre provenait, je le compris le lendemain, des énormes tas de coquilles de palourdes et d'arêtes de morue qui encombraient la cour.

CHAPITRE VII

LE PÉQUOD

Avant de nous endormir, nous décidâmes d'un plan pour le lendemain. Or, à ma grande surprise, Quequeg m'expliqua qu'il avait déjà consulté à ce sujet Yoyo – c'est ainsi que se nommait le diablotin de bois noir. Ledit Yoyo lui avait répondu de la même façon deux ou trois fois de suite, en insistant avec toute la vigueur possible pour que ce soit moi seul qui choisisse le navire sur lequel nous devions embarquer. Je dois dire que je fus fort ennuyé et même déçu car j'espérais beaucoup de l'expérience de Quequeg en la matière. Mais, semblait-il, il était indispensable que je fusse le seul artisan du choix et de notre embarquement. Yoyo nous prenait d'ailleurs sous sa protection personnelle, en sorte que tout ce que je ferais serait bien fait et que je choisirais immanquablement la meilleure solution et le meilleur embarquement possibles.

Je crois avoir oublié de dire en quelle haute estime Quequeg tenait les décisions de son idole, et quelle foi il lui accordait. Yoyo était à son dire un petit dieu fort bien intentionné, fort aimable, et aux décisions amicales et sages. Ses bienveillants desseins ne se réalisaient pas toujours, certes, mais dans ce cas, ce n'était simplement pas de chance.

Malgré mes profondes réticences, car j'accordais pour ma part assez peu de créance aux sages décisions de Yoyo, je fus contraint de m'en remettre à ma propre sagacité et je me préparai à régler cette question sans perdre de temps.

Le lendemain matin, je laissai donc Quequeg enfermé avec Yoyo dans notre chambre. Il semblait que le jour fût arrivé pour le dieu et son sectateur d'une sorte de retraite ou de ramadan, je ne sais trop comment l'appeler, bref d'un tête-à-tête de mortification et de prière. Je n'ai jamais très bien compris les complexités de la religion de Quequeg, bien que j'aie longuement tenté d'en pénétrer les rites, les dogmes et la liturgie en trente-neuf articles.

Je laissai donc Quequeg méditant et Yoyo se chauffant au feu de copeaux sacrés et je descendis vers le port.

Après d'interminables déambulations, d'innombrables renseignements pris à droite et à gauche, j'appris qu'il y avait à ce moment-là trois navires en partance pour une campagne de trois ans, le *Diable et sa Mère*, là *Bonne Bouche* et le *Péquod*.

Pourquoi ce nom de *Diable et sa Mère* ? Je n'ai jamais pu le savoir. Le nom de la *Bonne Bouche* allait de soi.

Quant au *Péquod*, c'est le nom que porta jadis une illustre tribu d'Indiens du Massachusetts, à présent aussi éteinte qu'il est possible de l'être.

J'examinai longuement le *Diable et sa Mère*, puis la *Bonne Bouche*, qui me fit meilleure impression, enfin j'en vins au *Péquod*. Je le regardai longuement et décidai tout à coup que c'était le bâtiment idéal pour nous.

C'était un navire qui n'était plus tout jeune, plutôt petit, et qui semblait avoir connu tous les océans du monde. Il avait l'air tanné, mais solide. Sa décoration était des plus surprenante ; car le capitaine Peleg, qui l'avait longuement commandé, s'était plu à l'orner de reliques et de trophées enlevés à l'ennemi. Ses flancs étaient garnis d'une longue rangée ininterrompue de dents de cachalots, comme une gigantesque mâchoire, ses manœuvres couraient dans des poulies taillées dans cet ivoire brut que l'on appelle marfil, et sa barre était faite d'une seule pièce dans une mâchoire de baleine ! « Enfin, un vrai baleinier », me dis-je.

Je sautai sur le pont en quête d'une autorité quelconque à qui présenter ma candidature. Et, dans une tente singulière, une sorte de wigwam en fanons de baleine entrelacés qui se dressait près du grand mât, je découvris finalement un vieil homme assis dans un fauteuil également tressé dans ces mêmes fanons noirs et souples, un vieil homme musclé, tanné, ridé, avec des yeux vifs, qui avait tout du vieux capitaine.

« Est-ce au capitaine du *Péquod* que j'ai l'honneur de parler ? demandai-je.

– Supposons que ce soit lui, me répondit le vieil homme d'un ton bourru. Qu'est-ce que tu lui voudrais ?

– C'est que je songeais à embarquer.

– Tu y songeais ? Tiens donc ! Tu n'es pas de Nantucket, toi ?

– Non, monsieur.

– Et je jurerais que tu ne connais rien aux baleines. Je me trompe ?

– Non, monsieur, absolument rien, c'est exact, mais je pense que j'apprendrais vite, j'ai déjà fait de nombreux voyages dans la marine marchande et...

– La marine marchande ! hurla-t-il, tonnerre du diable ! Tu auras mon pied dans les fesses la prochaine fois que tu me parleras de la marine marchande ! Compris ? La marine marchande, peuh ! Mais dis-moi, garçon, quel est cet intérêt subit pour les baleines ? C'est bizarre, ça ! Tu ne serais pas un peu pirate sur les bords, par hasard ? Tu n'aurais pas tué ou volé ton dernier capitaine ? Jamais pensé à jeter tes officiers par-dessus bord, non ? et à t'emparer du navire ? »

Je protestai de mon mieux devant ces singuliers soupçons.

« Il veut tâter de la pêche à la baleine ! dit-il en ricanant. Je parie que tu n'as jamais vu le capitaine Achab ?

– Jamais, monsieur. Qui est le capitaine Achab ?

– C'est le capitaine de ce bâtiment ! Moi, je suis le capitaine Peleg, et avec les capitaines Bildad et Achab, nous sommes les armateurs, nous avons une bonne quantité des parts de propriété. Et nous nous occupons des engagements et des choses comme cela. Bon, eh bien, si tu avais vu le capitaine Achab, tu aurais constaté qu'il n'a qu'une jambe !

– Que voulez-vous dire, capitaine, que le capitaine Achab a perdu une jambe à cause d'une baleine ?

– A cause d'une baleine ! Ha ! Ha ! Approche, jeune homme, que je te le dise à l'oreille : sache que sa jambe a été arrachée, broyée, mâchée, entends-tu, par le plus formidable cachalot qu'on ait jamais vu ! Cela te va ? Ha ! Ha ! Ha ! »

En riant ainsi sauvagement, il avait l'air en même temps fort ému, et même au bord des larmes.

« Bon, alors comme ça, tu es décidé ? reprit-il en me regardant d'un œil critique, cela ne te suffit pas ?

Je fis un signe affirmatif.

– Et qu'est-ce que tu espères, en partant pour la chasse à la baleine ?

– Eh bien, dis-je, voir du pays...

– Très bonne réponse. Fais-moi un plaisir, garçon. Va jusqu'à l'avant et dis-moi ce que tu auras vu. Allez ! »

Voyant qu'il parlait sérieusement, j'allai jusqu'à l'avant et regardai attentivement. La vue s'étendait à l'infini sur le large et la longue houle grise. Je revins.

« Eh bien, qu'as-tu vu ?

– Pas grand-chose, capitaine, la houle, l'horizon, et peut-être un grain qui se prépare vers l'ouest...

– Et bien, voilà, tu as vu le monde ! Tu ne verras jamais rien d'autre en trois ans, même en passant douze fois le cap Horn !

Après cela, tu peux aussi bien signer les papiers tout de suite, viens avec moi ! »

Et, se levant, il me précéda vers l'escalier de la cabine. A l'arrière, nous trouvâmes un autre personnage qui me parut tout à fait extraordinaire. Il était fort maigre, vêtu de noir et lisait dans une grosse Bible en remuant les lèvres. C'était le capitaine Bildad, lui aussi ancien capitaine de baleinier. Il était tout le contraire de Peleg :

autant l'un était violent en propos et sanguin, autant l'autre était mesuré et flegmatique. Il paraît d'ailleurs que, du temps que Bildad naviguait, il était bien le plus terrible capitaine qu'on pût imaginer. Il n'élevait jamais la voix, mais il avait une façon à lui de vous regarder d'un air glacial qui faisait qu'au bout de ces quelques secondes on se jetait avec frénésie sur n'importe quel travail pour échapper à ce regard. Une fois, dit-on, au retour d'une campagne, il fallut mettre les trois quarts de l'équipage à l'hôpital, tellement les hommes s'étaient épuisés au travail !

C'était un homme fort doux, d'ailleurs, tout comme Peleg au fond, car tous deux étaient quakers, secte protestante assez répandue à Nantucket, et qui a même fondé le premier établissement européen dans l'île. Il paraît que quelques-uns de ces pacifistes convaincus sont parmi les plus sanguinaires et les plus acharnés des chasseurs de baleines.

« Bildad ! s'écria le capitaine Peleg, encore à lire les Écritures, hein ? Mais sacrebleu, depuis cinquante ans, tu dois les savoir par cœur ! »

L'autre leva tranquillement les yeux et regarda paisiblement son vieil ami, puis il me vit et regarda Peleg d'un air interrogateur.

« Il dit qu'il est notre homme, Bildad ! Qu'en penses-tu ? »

Bildad m'examina des pieds à la tête, puis :

« Le veux-tu ? me demanda-t-il d'une voix sépulcrale.

– Si tu veux bien ! » répondis-je timidement en le tutoyant sans m'en rendre compte. Les quakers se tutoient entre eux, et celui-là était vraiment quaker jusqu'au bout des ongles !

« Il fera l'affaire », dit Bildad à Peleg en se replongeant dans sa Bible.

Peleg s'assit à une petite table, et prit une plume et de l'encre.

Je commençais à penser qu'il serait peut-être bon, avant de signer, de savoir au moins à quoi je m'engageais. Je savais déjà que, sur les baleiniers, il n'est pas question de salaire ; l'équipage, y compris le capitaine, touche en fin de campagne des parts sur les bénéfices, et donc les prises. Cette part, que l'on appelle « quantième », est proportionnelle à l'importance de chacun sur le navire selon un code assez compliqué. En tant que simple matelot, je savais que je devrais toucher quelque chose comme la deux cent soixante-quinzième partie des bénéfices, ce qui pouvait être à peu près bien ou à peu près rien, selon le plus ou moins grand succès de notre campagne. Ce deux cent soixante-quinzième me paraissait somme toute équitable, quoique, à considérer la largeur de mes épaules et mon expérience réelle de la mer, je n'aurais pas été surpris de me voir attribuer le deux centième.

« Eh bien, capitaine Bildad ! s'écria joyeusement Peleg, quel quantième allons-nous attribuer à ce garçon ?

– *Ne vous amassez point de trésors sur la terre*, psalmodia Bildad, je propose la sept cent soixante-dix-septième partie. »

Ma figure s'allongea.

« Tu veux rire ! s'écria, heureusement, Peleg indigné. Tu ne veux quand même pas voler ce garçon ! Il faut lui donner plus que cela !

– *Car où est ton trésor sera aussi ton cœur*, continua

Bildad imperturbable. Je propose la sept cent soixante-dix-septième partie. »

Bref, finalement, je signai pour un trois-centième.

« Capitaine Peleg, dis-je alors, j'ai avec moi un ami qui voudrait embarquer aussi. Puis-je vous l'amener demain ?

– Quelle part veut-il ? gémit lugubrement Bildad, le nez dans sa Bible.

– Ne t'occupe pas de cela, dit vivement Peleg. A-t-il déjà chassé la baleine, ton ami ?

– C'est un harponneur, répondis-je, il a déjà tué plus de baleines que je ne saurais dire, capitaine !

– Bon, bon, amène-le demain, on verra cela. »

Là-dessus, je quittai le navire, fort satisfait intérieurement et sûr d'avoir rempli, sinon les desseins de Yoyo, au moins les vœux de mon ami Quequeg.

Au bout de quelques pas, je m'aperçus que je n'avais toujours pas vu le capitaine avec qui je devais embarquer. Il est vrai que c'est une chose fréquente, sur les baleiniers, que le capitaine n'apparaisse qu'au dernier moment. Les campagnes de baleiniers sont en effet fort longues et l'on comprend que les commandants souhaitent rester avec leur famille aussi longtemps qu'ils ne sont pas strictement indispensables.

Je revins sur mes pas et demandai au capitaine Peleg où je pourrais voir le capitaine Achab.

« Et qu'est-ce que tu lui veux, au capitaine Achab ?

– J'aimerais voir à quoi il ressemble, capitaine, c'est tout.

– Ne t'inquiète pas, mon garçon, tu as bien le temps de le voir ! Et tu l'aimeras, va ! Tu l'aimeras, fais-moi confiance. De toute façon, on ne peut pas le voir pour le moment, il est malade. Enfin, non, il n'est pas malade, mais il n'est pas bien portant non plus. C'est un homme étrange, le capitaine Achab, sais-tu, garçon, un homme au-dessus des autres, oui. Son harpon est le plus aigu, le plus rapide, le plus... Non, ce n'est pas un Peleg ou un Bildad, lui, c'est Achab, mon fils. Et Achab, dans la Bible, c'était un grand roi !

– Il me semble aussi, répondis-je, que c'était un mauvais roi ! Quand il est mort, est-ce que les chiens n'ont pas léché son sang ?

– Ça, siffla Peleg d'une voix furieuse en m'agrippant par le col de ma vareuse et en me soulevant à moitié de terre, je te conseille de ne jamais le répéter à bord du *Péquod.* Jamais ! Achab n'a pas choisi son nom, sache-le ! C'est sa mère, qui était folle ! Je le connais bien, Achab, garçon ! J'ai été son second il y a des années. Ce n'est pas un homme gai, non, et depuis que le cachalot lui a arraché sa jambe, il l'est encore moins, c'est normal. Mais c'est un homme juste ! Et pense, mon fils, qu'il a une femme, une gentille femme, et que le vieil Achab a un enfant encore petit. Tu vois que les prédictions ne veulent rien dire. Malgré son nom, Achab n'est pas sans espoir, en dépit du mal qui le ronge. Pense à cela, petit ! Au revoir ! »

Je rentrai à l'auberge, très pensif.

CHAPITRE VIII

LA MARQUE DE QUEQUEG

De retour à l'auberge, je trouvai la porte de notre chambre fermée. Personne n'avait vu sortir mon ami. Mes appels restaient sans réponse et je commençais à être fort inquiet, pensant qu'il pouvait être arrivé un accident. Mme Hussey refusa de me faisser enfoncer la porte, comme j'en manifestais l'intention, et finit par trouver un double de la clef.

Je trouvai Quequeg assis en caleçon sur le pavé glacé de la chambre, le regard fixe, figé dans une immobilité absolue. Il tenait son petit Yoyo en équilibre sur le crâne. En vain tentai-je de lui parler, de le faire lever, de le raisonner, lui représentant qu'il allait prendre mal à rester ainsi immobile dans cette chambre sans feu. Il ne m'entendait même pas.

De guerre lasse, je le laissai à ses pratiques religieuses,

maudissant à part moi toutes les sortes de fanatismes, et descendis dîner. Je restai fort longtemps dans la salle commune. Lorsque je remontai pour me coucher, Quequeg n'avait pas bougé d'un pouce.

Ce n'est qu'au petit matin, quand le premier rayon de soleil pénétra par la fenêtre, qu'il se leva et vint se coucher en boitant, les articulations raidies. Il m'annonça que son ramadan était terminé. Je lui représentai combien ces pratiques étaient nuisibles à la santé, et combien le jeûne prolongé prédisposait à différentes infirmités dont la moindre était le hoquet. Il me répondit sérieusement qu'il n'avait jamais eu le hoquet qu'une seule fois dans sa vie, dans une circonstance à jamais mémorable. C'était, me dit-il, à l'occasion d'une grande fête donnée par le roi son père. On célébrait une victoire où l'on avait exterminé une cinquantaine d'ennemis dans l'après-midi, ennemis qui avaient été accommodés, rôtis et mangés le soir même, accompagnés de fruits d'arbre à pain et de noix de coco. L'abondance de ce festin lui avait occasionné une formidable crise de hoquet. Je désespérai de le convaincre par mes réflexions métaphysiques et laissai tomber la question en le priant de ne plus me donner de détails.

Le lendemain matin, nous nous dirigeâmes vers le *Péquod*, Quequeg brandissant fièrement son harpon.

Le capitaine Peleg se récria à sa vue, me reprochant de ne pas l'avoir prévenu que mon ami était un sauvage cannibale et jurant qu'il n'engagerait que des chrétiens sur le navire. Le capitaine Bildad renchérit et appela Quequeg « fils des ténèbres ». Bref, je dus improviser une plaidoirie vibrante en faveur du pauvre païen. Quequeg fit une brillante démonstration en harponnant sans difficulté une petite tache de goudron qui flottait sur l'eau du port à dix mètres du navire. Le cannibale fils des ténèbres fut donc engagé séance tenante par les deux compères, qui jubilaient devant un harponneur de cette force. La signature du contrat ne posa pas autant de problèmes que je l'avais imaginé, car Quequeg avait l'habitude de ce genre de choses. Peleg, qui avait mal compris le nom de Quequeg et s'obstinait à l'appeler tantôt Edgehog tantôt Quohog, rédigea l'engagement que Quequeg signa en recopiant très fidèlement un tatouage compliqué qu'il portait à l'avant-bras gauche. Cela donna quelque chose comme :

Quohog
Sa ★ marque

Nous étions engagés tous les deux sur le *Péquod*. « Quohog » recevrait la quatre-vingt-dixième part des bénéfices, preuve de l'impression qu'il avait faite sur les deux armateurs du navire.

Nous revînmes enchantés à l'auberge des Deux Marmites.

Les jours suivants furent remplis d'une activité fébrile. On réparait les vieilles voiles du *Péquod*, on en embarquait des neuves, des pièces de toiles, des centaines de mètres de cordages neufs, du bœuf salé, du pain, du bois, des outils, de l'eau, que sais-je ? L'armement du navire touchait à sa fin et nous reçûmes l'ordre de porter nos coffres à bord le lendemain soir. On sait ce qu'il faut de choses différentes sur un navire qui emporte une trentaine d'hommes d'équipage pour une durée plus ou moins longue ; c'est une maison entièrement meublée et pourvue de tout en abondance pour trente personnes, des légumes secs aux aiguilles en passant par les thermomètres et la graisse d'armes. C'est encore pire pour un navire baleinier : un bâtiment ordinaire fait généralement relâche au bout d'un certain temps dans un port ou un autre, pour se refournir en

eau, en légumes, en articles de toutes sortes; mais un baleinier ne s'arrête pas pendant deux ou trois ans, naviguant sans relâche jusqu'à ce que ses cales soient remplies de barils d'huile ou que ses provisions soient complètement épuisées. C'est dire s'il en faut des réserves. Le matériel de pêche à lui tout seul, dont dépend le succès de la campagne, comprend d'innombrables pièces tout à fait spéciales que l'on serait bien en peine de trouver chez un *ship-chandler* ordinaire ; il faut des lances, des louchets, des harpons de rechange, des pirogues et des baleinières de rechange, des glènes de filin de rechange, des flotteurs de rechange, de tout de rechange, excepté un capitaine de rechange et un navire de rechange.

La personne la plus affairée à ces allées et venues était la sœur du capitaine Bildad, vieille demoiselle infatigable qui trottait sans cesse entre la ville et le port, apportant tantôt un pot de légumes marinés pour l'office, tantôt des plumes d'oie pour le journal de bord, tantôt des bandes de flanelle pour les rhumatismes. Jamais femme ne mérita si bien son surnom de « tante Charité », comme on l'appelait sur ce navire où elle possédait d'ailleurs des parts pour une vingtaine de dollars patiemment économisés.

Du capitaine Achab, point de nouvelles. Il allait de mieux en mieux, disait-on, et on l'attendait d'un jour à l'autre.

Enfin, on annonça que le navire appareillerait le lendemain. Personne n'avait encore vu le capitaine Achab.

CHAPITRE IX

HISSE LE GRAND FOC !

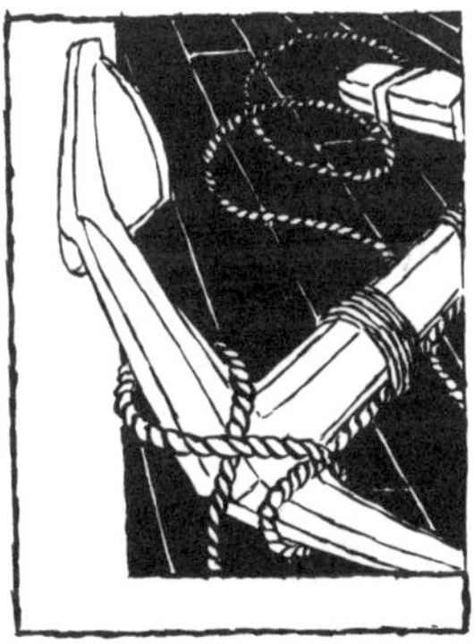

Le lendemain matin – c'était le jour de Noël – Quequeg et moi nous nous levâmes avant l'aube, nous réglâmes notre note à l'auberge des Deux Marmites et nous gagnâmes le port d'un bon pas. Il était près de six heures quand nous arrivâmes aux quais. L'aube était grise et épaissie de brouillard.

« J'ai l'impression qu'il y a des marins qui courent devant nous, dis-je à Quequeg en voyant des ombres qui nous précédaient dans le brouillard. Nous lèverons l'ancre avec le soleil et la marée, à coup sûr ! »

Cependant, quand nous arrivâmes au *Péquod*, tout était sombre et silencieux. Sur le gaillard d'avant, le panneau d'écoutille était ouvert et nous descendîmes.

« Où diable ont pu passer ces matelots que nous avons vus devant nous ? » dis-je à Quequeg.

A part un vieil ouvrier du gréement qui dormait sur un banc, il n'y avait personne. Nous remontâmes sur le pont.

Le soleil se levait. Les hommes arrivaient par deux ou par trois. La matinée se passa en ultimes préparatifs.

Enfin, vers midi, lorsque les derniers ouvriers furent descendus à terre, le *Péquod* largua ses amarres et fut remorqué loin du quai.

A ce moment, les capitaines Peleg et Bildad sortirent de la cabine avec le second et Peleg lui demanda :

« Maintenant, monsieur Starbuck, vous êtes sûr que tout est en ordre? Le capitaine Achab est parfaitement prêt, je viens de lui parler. Alors, appelez l'équipage, rassemblement à l'arrière ! »

Eh oui ! Peleg et Bildad étaient encore sur le *Péquod !* Jusqu'au dernier moment, ils auraient la haute main sur le navire ! Quant au capitaine Achab, s'il était à bord, on n'en voyait rien paraître. Il était, disaient-ils, dans sa cabine.

« Armez le cabestan ! cria Peleg, tout le monde aux anspects ! Et que ça saute ! »

L'équipage se mit au cabestan pour déraper l'ancre. Bildad – qui était également pilote du port afin, disait-on, d'économiser le prix d'un pilote car on ne le voyait jamais piloter que ses propres navires – surveillait à l'avant la chaîne de l'ancre : elle remontait maillon après maillon, dégoulinante d'eau et d'algues. Le navire s'avançait lentement en faisant tête à sa rencontre. Enfin, on vit apparaître l'ancre qui montait dans l'eau verte en se balançant; elle surgit soudain à l'air libre, ruisselante et nette.

« Haute et claire ! » cria Bildad. Et tandis qu'on mettait l'ancre à poste, Peleg cria de l'arrière le commandement qui marque le vrai départ des navires :

« Hisse le grand foc ! »

Les hommes se ruèrent, halèrent sur les manœuvres, et le foc monta tout blanc à l'avant du navire, se gonflant et s'appuyant joyeusement sur le petit vent d'est, tandis que le *Péquod*, étincelant de toutes les dents de cachalot qui lui faisaient une ceinture d'ivoire, enfonçait son étrave dans les vagues vertes de l'Atlantique.

CHAPITRE X

L'ÉQUIPAGE

Bientôt nous étions assez au large pour que la présence du pilote ne fût plus nécessaire. Tandis qu'on hissait les voiles, le solide petit bateau qui nous avait accompagnés se rangea bord à bord avec le baleinier pour recueillir Peleg et Bildad et les ramener à terre. Le pauvre vieux Bildad s'attarda longtemps, arpenta le pont à grandes enjambées inquiètes, descendit en courant à la cabine, remonta ; il s'affairait de son mieux pour retarder le moment où il lui faudrait quitter ce grand corps de toile et de bois qui partait sans lui pour une expédition si lointaine, et dont le commandant était son ancien camarade. Il regarda la côte, il regarda le large, il regarda le ciel, amarra machinalement une manœuvre qui traînait, jusqu'à ce que le capitaine Peleg, bien ému lui aussi, lui tapât sur l'épaule en disant : « Allons, capitaine Bildad ! C'est le moment ! Il faut partir ! Ho ! du canot ! Parez à l'accostage ! Allons ! Bonne chance, Starbuck ! Bonne chance, monsieur Stubb ! Bonne chance, monsieur Flask ! Bonne chance à tous, mes enfants ! Dans trois ans, jour pour jour, un souper fumant vous attendra dans le vieux Nantucket ! Hourra ! garçons ! A dans trois ans ! »

Mais il pleurait presque en disant cela, tandis que Bildad descendait après lui l'échelle en murmurant de façon presque inintelligible : « Dieu vous ait en Sa sainte garde ! J'espère que vous aurez du beau temps ! Soyez prudents dans la chasse, les seconds ! Et vous, les harponneurs, ne maltraitez pas les baleinières, les bonnes planches de cèdre ont augmenté de trois pour cent, cette année ! J'ai oublié, monsieur Starbuck : les aiguilles à voile sont dans le coffre vert ! Ne chassez pas trop le jour du Seigneur, garçons, mais ne laissez pas non plus passer les bonnes occasions ; il ne faut pas repousser les dons que le ciel nous envoie ! Vous jetterez un coup d'œil au tonneau de mélasse, monsieur Stubb, je crois qu'il fuit ! Si vous relâchez dans les îles, monsieur Starbuck, méfiez-vous des filles ! Ne gardez pas le fromage trop longtemps... »

Puis le navire et la chaloupe s'éloignèrent l'un de l'autre et sur le bord, nous autres de l'équipage, nous poussâmes trois hourras en leur honneur, mais le cœur un peu lourd, en route vers notre destin.

Disons un mot de l'équipage du *Péquod*.

Le premier second était un homme de Nantucket, de famille quaker, nommé Starbuck. C'était un homme grand et grave, ferme et réservé, dont la peau nette et serrée semblait faite pour résister aussi bien aux froids polaires qu'aux chaleurs des tropiques. Il pouvait avoir trente ans. Il réfléchissait beaucoup et croyait fort aux présages. Tout lui était présage : ses rêves, et tant ses pressentiments que les signes extérieurs. Cette espèce de superstition n'enlevait d'ailleurs rien au sang-froid qu'il manifestait dans les situations périlleuses. « Je ne veux pas dans ma baleinière d'un homme qui n'a pas peur de la baleine ! » avait-il coutume de dire. Il semblait entendre par là que le courage le plus efficace et le plus véritable résulte d'une saine appréciation du danger. Un homme qui n'a peur de rien parce qu'il ne comprend pas le danger est comparativement un compagnon plus dangereux qu'un lâche véritable. « Parfaitement, disait Stubb, le deuxième second, Starbuck est l'homme le plus prudent que l'on puisse trouver parmi les chasseurs de baleines. »

Nous verrons plus loin ce que signifiait exactement le mot «prudent» dans la bouche d'un homme tel que Stubb, comme d'ailleurs dans celle de n'importe quel chasseur de baleines !

Stubb, pour sa part, était natif du cap Cod. Ni poltron ni téméraire, il prenait les dangers comme ils venaient, avec une sorte d'indifférence, tirant sans cesse des bouffées de sa pipe qu'il quittait rarement. C'était un homme gai, insouciant, guidant sa baleinière à l'attaque d'un cachalot comme s'il s'était rendu à un dîner en ville. Flanc à flanc avec le monstre, il maniait sa lance en fredonnant. Sa bonne humeur, son éternelle petite pipe noirâtre et le langage extraordinaire dont il usait pour encourager les hommes de sa baleinière faisaient qu'il était fort aimé.

Quant au troisième second, le petit Flask, c'était un jeune homme de taille médiocre, mais trapu et râblé, natif de Vineyard, qui semblait nourrir un ressentiment particulier à l'encontre des baleines, cachalots et autres cétacés. On aurait dit qu'il vengeait sur eux un outrage personnel et héréditaire. D'ailleurs, il était parfaitement indifférent à leur taille et à leur majesté, et totalement étranger à toute espèce d'appréhension en les attaquant. C'était comme s'il avait chassé d'énormes lapins fort dodus, qui nécessitaient simplement quelques petites manœuvres supplémentaires pour les aborder, les tuer et les faire bouillir. On l'appelait familièrement «Cambrion», du nom de ces pièces de bois courtes et carrées qui servent, sur les baleiniers du Nord et du Groenland, à protéger le navire contre le choc des blocs de glace.

Chacun de ces trois seconds était, comme sur tout baleinier, chef de canot et avait son propre harponneur. Starbuck avait choisi Quequeg. Stubb avait pris Tashtego, un véritable Indien peau-rouge de vieille race, harponneur intrépide, aux longs cheveux noirs, aux pommettes saillantes et aux yeux noirs largement fendus.

Quand à Flask, le petit Flask, il avait pour harponneur le gigantesque Daggoo, un Nègre herculéen à la démarche de lion, avec d'immenses anneaux d'or aux oreilles. La haute taille de Quequeg elle-même faisait piètre figure à côté de ce géant noir. Et c'était une chose singulière de voir le rageur petit Flask donner des ordres à cette statue de basalte qui lui obéissait au doigt et à l'œil.

Pour le reste de l'équipage, il était ce que sont tous les équipages de baleiniers américains, qui ne comptent pas un homme sur deux natif du Nouveau Monde. Un bon nombre venait des Açores où s'arrêtent souvent les navires de Nantucket pour compléter leurs équipages. Ces pseudo-paysans des Açores sont de redoutables chasseurs de baleines. De même, les baleiniers du Groenland, qui partent de Hull ou de Londres, prennent des hommes aux îles Shetland : les insulaires semblent faire les meilleurs baleiniers, on ignore pourquoi, mais c'est un fait. Et puis il y avait de tout, Hollandais, Français, Islandais, Maltais, Chinois, lascars, Siciliens, Tahitiens, Danois, que sais-je? Jusqu'à un homme de l'île de Man, un Manxois. Le reste venait de Nantucket, de Vineyard ou de Long Island.

CHAPITRE XI

ACHAB

Pendant plusieurs jours nous eûmes un temps glacial et une mer menaçante. C'était bien naturel puisque nous étions partis le jour de Noël. Mais, comme nous faisions route vers le sud vent arrière avec une sorte de hâte, le temps s'améliorait peu à peu et la température s'adoucissait.

De notre capitaine, nous n'avions pas encore vu l'ombre. Cette absence commençait à me peser, je ne sais pourquoi, et je regardais chaque matin avec inquiétude vers la dunette pour tâcher d'apercevoir une tête nouvelle. Mais les trois seconds se relayaient au quart avec exactitude et l'on aurait pu croire qu'ils étaient les seuls maîtres du navire. Cependant, ils ressortaient parfois de la cabine avec des ordres si soudains et péremptoires qu'il était visible qu'ils ne jouissaient de l'autorité que par délégation. Ces trois hommes étaient d'ailleurs d'incomparables marins et il eût été difficile de réunir trois meilleurs officiers, chacun à sa manière.

Ce fut par une aube grise, en montant sur le pont au quart du matin, qu'en regardant vers l'arrière j'eus soudain une sorte de frisson. Le capitaine Achab se tenait debout sur le gaillard d'arrière.

Il n'avait rien d'un convalescent. Rien ne laissait croire qu'il eût jamais été malade. Il était grand, solide et large d'épaules. Cependant, une sorte de marque ou de cicatrice prenait naissance dans ses cheveux gris et traversait comme un sillon livide son visage sévère, telle la cicatrice de la foudre sur un vieil arbre. Était-ce une marque de naissance ou la marque d'une ancienne blessure? Nul ne le savait. Le vieux matelot de l'île de Man, auquel les autres accordaient une sorte de don de prophétie, affirma, l'une des rares fois où l'on parla à bord de cette marque, la chose suivante : si jamais le capitaine Achab venait à être tranquillement enterré – ce qui, ajoutait-il sentencieusement en baissant la voix, avait peu de chances de se produire –, alors ceux qui lui feraient sa toilette funèbre lui trouveraient cette marque de naissance le labourant jusqu'au talon.

En tout cas, l'aspect sévère du capitaine Achab, ses yeux noirs, ses favoris gris et sa sinistre marque me troublèrent tellement que je ne m'aperçus pas tout de suite que l'aspect menaçant d'Achab provenait en grande partie de ce terrible pilon d'ivoire qui lui tenait lieu de jambe. J'avais déjà entendu dire à bord que sa jambe avait été arrachée dans un combat au large du Japon ; il avait fait tailler ce membre artificiel dans le marfil d'une mâchoire de cachalot. Mais je fus frappé de la position singulière adoptée par le capitaine. De chaque côté du gaillard d'arrière, le charpentier du bord avait pratiqué un trou de tarière d'un demi-pouce de profondeur. Le capitaine, se tenant d'une main aux haubans, restait ainsi debout sans bouger, l'extrémité de son pilon d'ivoire engagé dans le trou de tarière, regardant fixement au loin la route que suivait le navire.

Les jours passèrent, le *Péquod* avait maintenant abandonné les glaces et les brouillards et fendait de son étrave les eaux bleues des tropiques. Les jours étaient éblouissants et sans nuages, les nuits étoilées, douces et majestueuses. On ne savait s'il fallait préférer les quarts de jour ou les quarts de nuit. Le capitaine Achab semblait fort sensible à ce changement de temps, comme beaucoup de capitaines que l'on finit par voir se relever la nuit pour venir sur le pont. Mais Achab réservait plutôt ses apparitions à sa cabine et semblait vivre maintenant entièrement sur le pont.

Ainsi, lorsque la bordée de quart veillait pour la bordée endormie, et lorsqu'une manœuvre était nécessaire, les hommes prenaient garde à ne pas faire trop de bruit pour ne pas réveiller leurs camarades ; lorsque le silence régnait sur le navire, on pouvait être à peu près sûr de voir s'ouvrir la porte de la cabine, et le vieil homme montait sur le pont, cramponné à la rampe pour aider sa marche d'infirme. Il faisait preuve à ces moments-là de quelque humanité : il s'abstenait de parcourir à grandes enjambées, selon son habitude, le gaillard d'arrière, sachant que ses officiers dormaient sous les planches sonores et que le bruit lourd de sa jambe d'ivoire les aurait réveillés. Cependant, un soir, il arpenta fiévreusement le pont, éveillant des échos qui se répercutaient dans l'entrepont. Stubb, au bout d'un moment, se leva et vint discrètement sur le gaillard d'arrière. Il engagea la conversation avec le capitaine et fit remarquer, d'une voix à la fois enjouée et mal assurée, que la jambe d'ivoire du commandant faisait beaucoup de bruit. D'un ton qui baissait peu à peu, il suggéra avec hésitation que l'on pourrait, peut-être, entourer d'étoupe le pilon d'ivoire, ce qui permettrait aux uns de dormir et à l'autre de se promener. Achab le regarda de haut en bas en fronçant le sourcil :

« Me prends-tu pour un boulet de canon, lieutenant Stubb? finit-il par répondre, ce sont les canons que l'on bourre d'étoupe! Allons, Stubb, retourne en bas! Dors! Dors avec tes pareils, entre tes linceuls qui habitueront ton corps à la tombe! »

Et tout à coup, il se mit à hurler :

« En bas, chien! A la niche! »

Stubb blêmit sous l'insulte et resta un instant muet de surprise et de colère. Puis, d'une voix sourde, il répondit :

« Je n'ai pas l'habitude que l'on me parle ainsi, sir, et je dois dire que cela ne me plaît qu'à moitié, sir!

– Silence! siffla Achab entre ses dents serrées.

– Permettez, sir, poursuivit Stubb, têtu, je n'ai pas envie de me laisser traiter de chien, sir!

– Non? grinça Achab. Eh bien disparais, mulet, baudet, âne, bourricot! Ou je te flanque à la mer! »

Et en disant ces mots, le capitaine marchait sur le second les poings serrés, et il avait l'air en proie à une rage si proche de la folie que Stubb, hésitant, recula.

Lentement, le second descendit l'échelle, soutenant

fixement le regard du capitaine. Comme il passait près de moi, je l'entendis qui murmurait : « Quel singulier vieillard ! C'est bien la première fois que je ne réponds pas à coups de poing à une insulte pareille ! Et pourquoi ne puis-je pas retourner lui tomber dessus, comme j'en ai envie ? Je respecte mon commandant, certes, mais je crois surtout que ce vieillard m'impressionne ! »

Stubb disparu, Achab resta longuement à contempler la mer avec des yeux flamboyants, accoudé à la lisse.

Puis il tira sa pipe, la bourra et se mit à fumer avec une sorte de rage. Au bout d'un moment, il retira la pipe de sa bouche, la contempla et dit d'une voix sourde : « Même fumer ne m'apaise plus ! Eh bien ! Qu'ai-je à faire d'une vieille pipe ? Je ne fumerai plus désormais ! »

Et, en même temps, il lança sa pipe allumée dans la mer qui se referma en sifflant sur le point de braise.

Achab arpentait le pont en titubant.

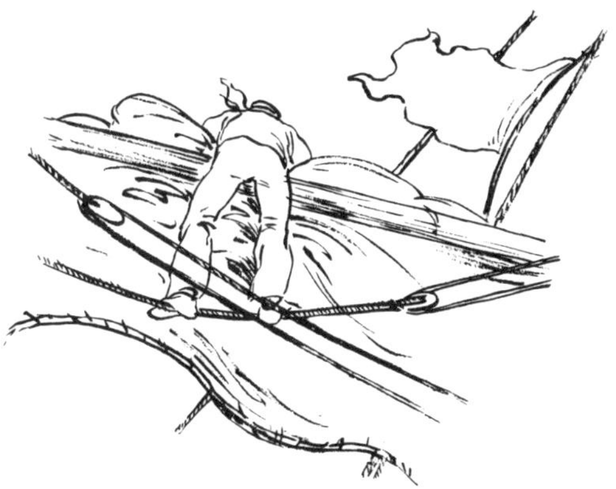

CHAPITRE XII

LE DOUBLON D'OR

Il faisait un temps superbe lorsqu'arriva mon tour de monter pour la première fois en haut du mât. Sur la plupart des baleiniers, les hommes de vigie grimpent en haut des mâts pour chercher les baleines à peu près dès que l'on a quitté le port, fût-on à cinq mille kilomètres des zones de pêche. Et ce n'est véritablement que lorsque le navire se mêle aux autres navires de retour au port que les hommes des nids-de-pie abandonnent l'espoir de repérer encore un souffle sur la mer. C'est une façon extrêmement ancienne de guetter ; à la fin de la campagne, c'est au total des semaines entières que l'on a passées à la pomme des mâts, voire des mois. Peu importe le temps, le froid, la glace, les brouillards, ou le soleil : toujours les hommes se relaient, guettant toujours et toujours, à trente mètres au-dessus des vagues, balancés au-dessus de l'océan comme sur de gigantesques échasses, agrippés aux barres de perroquet par les pieds, par les mains au cerceau qui protège vaguement de la chute, ou, dans le meilleur des cas, enfermés jusqu'à mi-corps dans un baril. Sous les tropiques, on reste ainsi des heures à rêver, le regard perdu dans l'immensité bleue, guettant nonchalamment tout ce qui peut flotter dans un cercle de soixante kilomètres. Nonchalamment, je parle pour moi ; j'ai toujours fait un assez mauvais guetteur, parce que, invinciblement, en tête de mât, je me mets à rêver, bercé par le roulis qui devient immense, là-haut, et par le chant adouci du vent dans les manœuvres, qui trouble seul le silence. On rêve, on songe, on domine l'immensité du monde ; seul, de temps en temps, vous ramène à la réalité des choses le pied qui dérape à côté des barres de cacatois et qui manque vous précipiter dans la mer. On se réveille alors, et l'on fait de nouveau partie de l'équipage.

Ce jour-là, le capitaine Achab monta sur le pont plus tôt que d'habitude après le déjeuner. Il fit son tour d'inspection habituel, martelant de son pas irrégulier les planches bosselées par son pilon d'ivoire. Il parut inquiet toute la journée, s'enfermant dans sa cabine pour en ressortir quelques minutes plus tard, marchant fébrilement. Les officiers l'observaient, se demandant ce qui pouvait couver sous ce front convulsé. Vers le soir, il appela Starbuck et lui ordonna de rassembler l'équipage à l'arrière.

« Rassembler l'équipage, sir ? » répéta le second étonné, car cet ordre est très rarement donné et seulement en des occasions exceptionnelles.

« Tout le monde à l'arrière! dit Achab d'un ton sec, les hommes de vigie également! »

Nous fûmes bientôt tous réunis sur le gaillard, attendant avec impatience ce qu'allait dire le capitaine. Achab continuait d'arpenter le pont, les mains dans le dos, alternant les coups sourds de sa jambe valide et les coups secs de sa jambe d'ivoire.

Brusquement, il s'arrêta et regarda l'équipage :

« Garçons, dit-il, que faites-vous quand vous voyez une baleine?

– On crie! répondirent vingt voix comme un seul homme.

– Bon! dit Achab avec une sorte de joie féroce. Et puis?

– On met à la mer et on fonce!

– Bien, garçons! rugit Achab. Et quand vous poussez le bois, à quoi pensez-vous?

– A mort la baleine! Elle ou nous, pas de milieu! »

A chaque réponse, le vieil homme manifestait une telle joie féroce et son regard devenait si dur et si cruel que les hommes d'équipage commençaient à s'entre-regarder avec inquiétude, se demandant où il voulait en venir. Les officiers ne disaient mot, visiblement fort intrigués eux aussi.

Puis Achab se mit à parler d'une voix hachée :

« Garçons, vous m'avez déjà entendu parler d'une baleine blanche? Hein? Eh bien, regardez! »

Il éleva au soleil une lourde pièce d'or :

« Vous voyez cette pièce? C'est un doublon, un doublon d'or! Il vaut seize dollars, garçons! Seize! Vous le voyez bien? Monsieur Starbuck, passez-moi un marteau, je vous prie! »

Starbuck apporta l'outil demandé, tandis que le capitaine frottait lentement la pièce d'or sur sa vareuse comme pour en aviver l'éclat. Starbuck lui passa le marteau et Achab, tirant un clou de sa poche, s'avança vers le grand mât et, en quelques coups sauvages, y cloua le doublon d'or.

« Vous voyez cette pièce, les gars ? Celui d'entre vous qui lèvera une baleine blanche, avec le front ridé, la mâchoire tordue, un cachalot qui porte trois trous dans la queue à droite, celui d'entre vous qui lèvera le premier cette baleine, la pièce sera à lui, garçons !

– Hourra ! Hourra ! crièrent les hommes.

– C'est le cachalot blanc, les gars ! poursuivit Achab en jetant son marteau sur le pont, regardez bien, et si l'eau blanchit quelque part, ne fût-ce qu'une bulle, criez à vous faire éclater les poumons! »

Les trois harponneurs groupés suivaient avec attention ce discours; à la description de cette fantastique baleine, tous trois avaient sursauté comme à l'évocation de souvenirs personnels.

« Capitaine, dit Tashtego d'une voix forte, ce cachalot blanc dont vous parlez, ne serait-ce pas celui que l'on appelle Moby Dick?

– Moby Dick? hurla Achab, je vois que vous connaissez le cachalot blanc, Tashtego!

– Est-ce qu'il n'agite pas bizarrement la queue avant de sonder, capitaine? poursuivit l'Indien.

– Et n'est-ce pas celui qui a un souffle bizarre, très épais et rapide? s'écria Daggoo.

– Et lui avoir un, deux, trois, beaucoup harpons dans lui, capitaine! cria Quequeg, beaucoup fers tout tortis, tout tortés, tout comme fer pour bouteilles! »

Et Quequeg, bégayant d'enthousiasme, faisait le geste de tourner quelque chose.

« Oui, Quequeg! cria le capitaine, il est hérissé de harpons tordus comme des tire-bouchons! Oui, Daggoo! Son souffle est énorme et épais! Oui, Tashtego! Il bat de la queue comme une voile dans la tempête! Ah! mes gars! Vous connaissez Moby Dick! Ha! ha!

– Capitaine Achab, dit brusquement Starbuck, comme frappé d'une idée, nous aussi nous avons entendu parler de Moby Dick, mais ne serait-ce pas Moby Dick qui vous a arraché la jambe? »

Achab regarda le second avec des yeux étincelants : « Qui t'a dit cela, Starbuck? »

Il le dévisagea un instant d'un air farouche puis hurla :

« Oui, mes gars ! C'est Moby Dick qui m'a arraché la jambe ! C'est le cachalot qui m'a mutilé, qui me force à me tenir sur une jambe d'os, sur un moignon mort ! Et je le tuerai ! Je le poursuivrai au-delà du Horn, au-delà du cap de Bonne-Espérance ! Au-delà du Maelström de Norvège ! Jusqu'en enfer ! Et c'est pour cela que vous êtes ici, les gars ! Pour attaquer Moby Dick, l'attaquer et le percer de vos lances jusqu'à ce qu'il souffle son sang noir et qu'il roule sur le flanc !

– Hourra ! crièrent les hommes, électrisés et brandissant leurs couteaux. Hourra pour le capitaine ! A mort Moby Dick ! les harpons pour Moby Dick ! Nous le jurons !

– Dieu vous bénisse, garçons, rugissait le capitaine hors de lui, avec des sanglots dans la voix, Dieu vous bénisse ! »

Puis, d'une voix tonnante, il ordonna :

« La grande mesure ! »

Deux hommes coururent et ramenèrent le grand pot d'étain rempli d'alcool jusqu'au bord.

« Avancez, mes harponneurs ! dit Achab. Avancez et présentez-moi vos harpons ! Vers le bas, vers le bas, les fers ! Là, très bien ! »

Et, dans le godet tranchant et barbelé qui forme la partie creuse du harpon, Achab versa l'alcool et les trois sauvages le burent d'un seul coup. Puis chaque homme de l'équipage but à son tour à même la grande mesure d'étain, jusqu'à ce qu'elle soit vide.

CHAPITRE XIII

LE CACHALOT BLANC

Moi, Ismaël, j'étais matelot dans cet équipage. Et comme les autres matelots, je hurlai et je prêtai serment de meurtre et de vengeance contre le cachalot blanc.

La haine sanglante du vieil Achab était devenue la mienne, et tous nous haïssions ce monstre sanguinaire que l'on avait appelé Moby Dick, le grand cachalot blanc. J'écoutai avidement les histoires que l'on racontait, au gaillard, sur ce monstre rusé. Depuis longtemps, mais par intervalles, la baleine blanche rôdait dans les mers désertes fréquentées par les chasseurs de cachalots. Tous ne connaissaient pas son existence, peu l'avaient vraiment rencontrée, encore moins l'avaient attaquée en connaissance de cause, et, de ceux-là, beaucoup avaient péri. On racontait sur elle des traits de méchanceté et de ruse inhabituels, mais beaucoup se contentaient d'attribuer cette férocité et cette intelligence sans pareilles aux cachalots en général, plutôt qu'à un animal en particulier. Il est vrai que des légendes insensées couraient sur Moby Dick, amplifiées par l'imagination fertile des marins et la poésie sauvage des dangers de la mer. De surcroît, parmi les baleiniers des mers du Sud, le cachalot est respecté et craint. Moby Dick passait même pour immortel, en raison des nombreux harpons qui étaient restés plantés dans ses flancs et dont aucun n'avait pu le tuer. Au contraire, c'était lui qui, bien souvent, avait brisé les baleinières d'un coup de queue. Ce n'est d'ailleurs pas rare, quoi qu'en disent les savants des villes qui n'ont jamais vu de cachalot qu'en gravure.

Cependant, l'aspect de Moby Dick suffisait à frapper les imaginations : sa blancheur inhabituelle, sa vaste bosse neigeuse qui s'élevait au-dessus des vagues comme une montagne, sa taille exceptionnelle le rendaient naturellement fabuleux ; mais pas autant que la méchanceté délibérée et sans exemple dont il faisait preuve, rusant et fuyant pour faire brutalement volte-face et attaquer ses poursuivants, faisant voler en morceaux les canots, brisant les avirons et les membres des hommes.

C'est ainsi qu'un capitaine baleinier avait vu un jour voler en éclats sa baleinière et celles de ses lieutenants. Fou de rage, ce capitaine avait sauté sur le dos du cachalot, agrippé à la ligne du harpon et armé du couteau à trancher la ligne ; il avait engagé seul le corps à corps avec le monstre, fouillant aveuglément le lard de la bête, cherchant avec son couteau de vingt centimètres à atteindre une vie cachée sous deux mètres de muscles.

Ce capitaine, c'était Achab. Le cachalot lui avait

arraché la jambe. Et Achab ne vivait plus que pour tuer Moby Dick. Et nous, nous allions avec lui.

Après le terrible serment prêté par l'équipage, le capitaine Achab s'était dirigé vers sa cabine. Il tira d'un coffre un rouleau de cartes froissées et se mit à les compulser avec une sorte de rage. Assis, il étudia avec attention les routes tracées au crayon sur les cartes, les reprenant de temps en temps, maniant la gomme et le compas et sabrant au crayon les zones encore vierges. Au-dessus de lui, la lourde lampe d'étain se balançait au bout de ses chaînes, jetant ses ombres fantasmagoriques au rythme du navire, tandis qu'il hachurait les cartes d'un trait aussi complexe que les rides de son front.

Ce n'était pas la première fois qu'Achab méditait sur ses cartes. Il les sortait presque chaque nuit et presque chaque nuit il remplaçait ses traits de crayon par d'autres traits de crayon et les hachures par d'autres hachures. La carte des quatre océans devant lui, Achab refaisait ses calculs, cherchant à quel endroit et à quel moment de l'année il avait le plus de chances de rencontrer son ennemi.

Cette opération peut paraître hasardeuse à qui ne connaît pas les habitudes des baleines et les mœurs des cachalots ; il peut paraître absurde de rechercher un grand poisson parmi des milliers d'autres en espérant le rencontrer de par le vaste monde et l'immensité des océans. Mais si l'on connaît les habitudes des baleines, les courants chauds ou froids qu'elles suivent de préférence à différentes époques et la vitesse qu'elles atteignent par jour – ce qui n'est pas très difficile pour un baleinier expérimenté –, on peut parfaitement estimer leur situation.

Si l'on pouvait confronter toutes les cartes de tous les baleiniers sur un certain laps de temps, on verrait à coup sûr se dessiner noir sur blanc toutes les migrations des baleines. On pourrait déterminer à dix milles près l'endroit où se trouvera telle baleine ou tel cachalot, à telle ou telle époque, avec autant de certitude que les migrations des harengs ou les vols des hirondelles. Le retour périodique du cachalot dans certaines eaux et à certaines époques est un fait indubitable. C'étaient ces «veines», comme on les appelle, que le capitaine Achab était en train de déterminer soir après soir.

Cependant, une chose semblait devoir contredire son projet aussi incroyable que méthodique : c'est que Moby Dick était un vieux cachalot solitaire, sujet à tous les caprices, alors que les troupes de cachalots ont des habitudes bien plus régulières. En sorte que le fait d'avoir vu le cachalot blanc une année à tel endroit ne voulait pas forcément dire qu'il serait au même endroit l'année suivante. Il y avait quand même de bonnes chances. Ces chances tenaient en quelques mots : la saison sur la ligne, c'est-à-dire l'été sur l'équateur. C'était là que Moby Dick avait été vu plusieurs années durant, selon le récit des navires baleiniers, et rien n'indiquait qu'il dût changer d'habitude. C'était aussi dans ces eaux, déterminées par le zodiaque, que Moby Dick avait mutilé son adversaire, et son adversaire avait décidé de le rechercher sur les lieux mêmes du premier combat.

Or, quand le *Péquod* avait quitté Nantucket, c'était tout à fait au début de la saison sur la ligne, dans le Pacifique. Pour franchir le Cap, gagner au nord dans l'océan et atteindre, sur soixante degrés de latitude, la région équatoriale du Pacifique pour ouvrir la chasse, il fallait bien penser à arriver au début de l'année suivante. En fait, le *Péquod* avait devant lui près de trois cent soixante-cinq jours pour entamer cette chasse surhumaine, et peut-être bien que cela entrait dans les calculs du capitaine.

Tout cela peut paraître néanmoins bien extraordinaire de rechercher sur l'immensité de la mer un poisson particulier, si grand qu'il soit et si calculées que soient les chances de le retrouver ; mais d'innombrables navigateurs ont vu dans les mêmes parages certains cachalots particulièrement remarquables et particulièrement rusés qui, chassés à de nombreuses reprises et s'étant échappés, ont fini par gagner un nom : on cite ainsi Tom Timor, cachalot errant de la mer des Célèbes, couturé comme un iceberg; le fameux Jack de Nouvelle-Zélande, terreur de tous ceux qui croisèrent au large de la terre des tatouages; Morquan, qui hante les mers du Japon; ou Don Miguel, le cachalot chilien, dont le dos ressemble à une vieille tortue. Et Moby Dick, bien sûr.

Il est vrai également que Jack de Nouvelle-Zélande et Don Miguel ont finalement été tués. Par qui? Par des baleiniers et des capitaines qui avaient mis à la voile dans ce dessein, ce qui prouve bien qu'il est parfaitement possible de retrouver un cachalot donné sur la surface de l'Océan.

CHAPITRE XIV

ELLE SOUFFLE !

Cet après-midi-là, un après-midi lourd et nuageux, nous étions occupés, Queequeg et moi, a tresser ce que l'on appelle un paillet pour notre baleinière.

Dans ce travail, c'était moi qui aidais Queequeg plutôt que l'inverse : je passais et repassais la trame entre les fils tandis que Queequeg veillait au bon ordre de l'ouvrage en serrant les fils à grands coups de son épée de bois de chêne. Le navire semblait rêver, hommes, coque et mâture. J'avais l'impression de tisser ainsi nonchalamment notre destinée, tandis que le vent chantait doucement dans les cordages.

Tout à coup, un cri tomba du ciel, poussé par Tashtego, qui était perché en vigie dans les barres du cacatois :

« Là ! là ! Elle souffle ! »

Des cris frénétiques répondirent, les premiers depuis le début de la campagne :

« Où cela ? Où cela ?

– A deux milles sous le vent, environ ! Toute une gamme ! »

Ce fut immédiatement le branle-bas de combat. Une gamme, en jargon de baleinier, signifie une troupe de cachalots, et c'était la première gamme que nous rencontrions depuis notre départ de Nantucket!

Le cachalot souffle avec la régularité d'une horloge et c'est à cela que les baleiniers le reconnaissent.

« Voilà les queues! hurla encore Tashtego de son nid-de-pie.

– Vite, garçons! cria Achab qui avait bondi sur le pont, l'heure exacte, l'heure immédiatement! »

Le steward de la cabine descendit comme une bombe et remonta en donnant l'heure exacte au capitaine. On mit le navire en panne, et le *Péquod* tangua doucement en attendant que les cachalots refissent surface. En effet, les habitudes de ces animaux sont bien connues, excepté quand ils sont effrayés, mais il n'y avait aucune raison de croire qu'ils nous avaient repérés.

Un des hommes fut désigné comme veilleur, un de ceux qui ne montent jamais dans les baleinières, et Tashtego descendit. Les bailles à lignes furent chargées dans les baleinières, les bossoirs parés, et les hommes équipés; en une minute, les trois canots étaient prêts, se balançant au-dessus de l'eau comme trois paniers chargés.

Mais il n'y eut pas trois canots, les trois canots des trois officiers; non, il y en eut quatre. Avec des yeux ébahis, nous vîmes que le capitaine Achab avait embarqué dans la baleinière dite «de secours» et que son équipage était formé de cinq personnages impassibles et à la sombre physionomie, que nous n'avions jamais aperçus à bord...

CHAPITRE XV

PREMIERE CHASSE

Ces espèces de fantômes glissèrent sans bruit de l'autre côté du pont et, en silence mais rapidement, embarquèrent et larguèrent les palans. L'homme qui se tenait à l'avant, le harponneur, et dont on voyait une dent blanche dépassant de sa lèvre inférieure retroussée en rictus, était vêtu d'une veste chinoise en étoffe noire et d'un pantalon, large et froissé, de même couleur. Sa figure basanée était coiffée d'un turban d'une blancheur éblouissante ; ses cheveux étaient tressés et enroulés en chignon. C'était, comme nous le sûmes plus tard, un parsi de l'Inde, un de ces mystérieux adorateurs du feu et du soleil. Ses compagnons, moins sombres et moins funèbres que lui, arboraient un teint d'un jaune orangé, couleur de tigre, particulier à certains indigènes de Manille, une race célèbre pour sa ruse. Cet équipage mystérieux, et que l'on voyait à bord pour la première fois, plongea tout le monde dans la stupéfaction. Pendant ce temps, le capitaine Achab criait au chef, l'homme au turban blanc :

« Tout est paré, Fedallah ?

– Paré ! répondit laconiquement l'homme sombre.

– Mettez à la mer ! » Et Achab hurla aux hommes situés de l'autre côté du navire : « Vous entendez, là-bas ? Mettez à la mer ! »

Les hommes bondirent aux canots, et les trois baleinières s'affalèrent avec un choc sur les vagues, tandis que les hommes embarquaient avec une adresse et une audace inconnues, je crois, dans tout autre métier, en sautant comme des chèvres du pont du navire sur leurs bancs de nage.

Ils eurent à peine le temps de déborder que la baleinière du capitaine, armée par ses hommes jaunes qui avaient plutôt l'air de pirates que de matelots, les rejoignit. Achab, debout à l'arrière, donna l'ordre de se déployer largement sur la mer pour couvrir le plus de surface possible.

« Nagez, garçons ! criait Stubb à ses hommes pour les encourager, nagez ferme, mes oiseaux, allez, mes enfants, vous devriez avoir déjà l'échine en morceaux ! Allez, peu importe ces gars jaunes : plus on est de fous, plus on rit ! C'est cela, c'est cela, pas pressés ! Rien ne presse ! Alors, canailles ! Allez-vous souquer, oui ? Un peu de mordant, bande de chiens ! Bon, bon ! Comme ça ! Comme ça ! Très bien ! Voilà ! Allez, bande de gueux ! Et que ça barde ou je vous flanque à la mer ! »

Stubb, nous l'avons dit, avait une façon très particulière d'encourager ses matelots lors de ce travail épuisant qui consiste à manier l'aviron à la poursuite d'un grand cétacé.

Mais ce singulier mélange d'injures et de mots d'amitié opérait comme un charme sur les hommes, tandis qu'il débitait ces encouragements sans queue ni tête d'un air nonchalant, maniant paresseusement son grand aviron de queue.

Les hommes grinçaient des dents dans l'effort, tirant sur les avirons à s'en claquer les muscles. Ils se penchaient tous ensemble en avant en levant les pelles ruisselantes hors de l'eau, avec des « Han ! » de bûcheron, scandés par les « Deux ! » retentissants criés par les chefs de baleinière pour rythmer la nage, une véritable nage de galère ou de joute. Stubb, sans en avoir l'air, rapprocha son embarcation de celle de Starbuck et l'appela :

« Monsieur Starbuck ! Juste un mot, s'il vous plaît, sir !

– Oui ? répondit l'impassible Starbuck sans même tourner la tête, tout en continuant à encourager ses hommes avec énergie.

– Que pensez-vous de ces types jaunes, sir ?

– Oh ! répondit Starbuck, embarqués en fraude d'une manière ou d'une autre avant le départ, naturellement ! Allons, les gars, faites bouillir l'eau ! Peu importe, monsieur Stubb ! Souquez plus fort, garçons ! Il y a des barils d'huile en plus pour tout le monde, monsieur Stubb ! C'est l'huile qui compte ! Et avec l'huile, l'argent ! Deux ! Les enfants !... Deux !... Deux !... »

« C'est bien ce que je pensais, soliloqua Stubb alors que les baleinières s'écartaient l'une de l'autre, oui, oui, ils étaient cachés en bas ! Il y a de la baleine blanche là-dessous ! Allons, mes poulets, deux ! Ensemble, bande d'estropiés ! Deux ! »

Il est de fait que l'apparition de ces cinq étrangers, à un moment aussi solennel que la première mise à la mer des baleinières, avait frappé tout l'équipage d'une sorte de vague crainte superstitieuse. Heureusement, comme plusieurs, à bord, s'étaient déjà étonnés de bruits dans la cale, de rations mystérieuses et de disparitions subites du capitaine, les hommes trouvaient plutôt dans cet incident matière à satisfaire leur curiosité. Ils trouvaient enfin le mot d'une énigme plutôt qu'un mystère subit et inexplicable. Par ailleurs, Starbuck en parlait avec une telle nonchalance que les figures basanées furent bientôt oubliées au profit des baleines.

Pour moi, je me souvins des ombres qui nous avaient précédés dans l'aube, le jour de notre embarquement.

Cependant, la baleinière du capitaine était loin devant, et hors de portée de voix de ses officiers. Ses rameurs jaunes semblaient bâtis en acier et en fanons de baleine, tant ils étaient puissants et infatigables! La baleinière volait sur les vagues. A l'arrière, Achab, debout, maniait l'aviron de queue avec autant de fermeté que s'il avait eu ses deux jambes, et dirigeait habilement la baleinière. Tout à coup, il se figea avec un mouvement singulier du bras, et les avirons restèrent subitement immobiles hors de l'eau.

Les cachalots avaient tous plongé, ce que l'on appelle «sonder», et, de là où nous étions, nous n'en voyions plus rien. Mais Achab, en avant de nous, avait aperçu quelque chose.

« Quequeg! cria Starbuck, debout! Vous autres, les avirons, soyez prêts! »

Sautant souplement de son banc de nage – car, dans une baleinière, le harponneur tire sur l'aviron comme les autres –, sautant, donc, dans l'espèce de coffre triangulaire qui se trouve à l'avant, Quequeg se tint debout et guetta avidement le lieu présumé du combat. A l'arrière, Starbuck, debout lui aussi, manifestait la même adresse et la même souple indifférence que le sauvage devant les oscillations de la baleinière livrée à la houle, et guettait dans les profondeurs.

Quant au petit Flask, il était également debout, mais grimpé de surcroît sur la pièce de bois qui s'élève au-dessus de l'arrière et qui sert à retenir la ligne quand elle est fixée au cachalot. Il se trouvait encore trop petit, Flask !

« Tendez-moi un aviron, dit-il à Daggoo, que je grimpe dessus ! »

Mais Daggoo, se tenant au plat-bord, se baissa et lui offrit de monter plutôt sur ses formidables épaules ! C'était un spectacle incroyable que de voir le petit homme blond de lin debout sur les épaules du gigantesque Nègre, n'ayant pour tout appui que la main que lui tendait Daggoo. Le harponneur se tenait lui-même debout dans la baleinière, épousant avec souplesse tous les mouvements que la houle imprimait à la coquille de noix !

Pour sa part, Stubb ne manifestait pas la même ardeur ; il attendait tranquillement que les cachalots remontent et en profitait pour bourrer sa pipe. Mais il avait à peine eu le temps de gratter une allumette que Tashtego, son harponneur, retomba soudain sur son banc en hurlant avec frénésie :

« Avant ! Avant partout ! Les voilà ! »

Un terrien n'aurait évidemment rien vu du tout : on ne distinguait que l'eau verte troublée çà et là de quelques traînées blanches, et surmontée d'écharpes de vapeurs légères que le vent dispersait. Ces bouffées de vapeur étaient en réalité la première manifestation des cachalots qui remontaient à la surface, alors qu'ils étaient encore loin sous la mer.

Les quatre baleinières s'étaient lancées à la poursuite de cette tache d'eau et d'air troublés.

A l'arrière de sa pirogue, Flask se livrait à des gambades extravagantes pour encourager ses hommes, tandis que Stubb le contemplait flegmatiquement en tirant sur sa pipe et en promettant du pudding comme dessert à sa «bande de chiens». Quant à Achab, Dieu seul sait ce qu'il pouvait dire à son équipage de pirates, et cela vaut mieux, car il avait l'écume aux lèvres et la tempête dans les yeux.

Les taches blanches avançaient toujours, mais semblaient se séparer et filer chacune de son côté. Les baleinières se dispersèrent. Starbuck amena sur trois taches qui filaient sous le vent. On hissa la voile et le canot courut de plus belle ; les avirons avaient peine à suivre le mouvement et manquaient à tout instant de nous échapper des mains et de jaillir de leur dame de cordage. Bientôt, nous filions sur la mer dans une épaisse écharpe de brume. Un «grain», un orage, se préparait.

« En avant, garçons, chuchota Starbuck, nous avons le temps de tuer le poisson avant le grain! Voilà l'eau blanche! On y est! Quequeg! »

Quequeg bondit, le harpon à la main. Aucun des hommes aux avirons ne peut voir derrière lui ce qui se passe, naturellement. Il en est réduit à suivre les phases de la poursuite sur les yeux de son chef, se sentant soulevé par les énormes vagues, interminablement, jusqu'à leur crête; on y oscille un instant comme en équilibre, on redescend en glissant à toute vitesse le long de cette pente qui semble n'avoir jamais de fin, pour remonter encore lorsqu'on est environné de montagnes d'eau. La fin de la poursuite était venue, tous regardaient avec anxiété le visage de Starbuck pour deviner où émergerait le cachalot. Mais ce fut l'orage qui arriva le premier. Une avalanche d'eau fumante nous ensevelit en même temps que l'on entendait le bruit qu'auraient pu faire cinquante éléphants pataugeant ensemble en s'arrachant à la boue. La mer semblait s'agiter en dessous de la baleinière comme remuée par un séisme. Au même instant, Starbuck rugissait à mi-voix : « Voilà sa bosse! Là! Là! »

Le cachalot émergeait.

Un sifflement bref jaillit de l'avant : le harpon de Quequeg s'envolait. Aussitôt, chacun fut renversé dans la baleinière; tout était venu en même temps, le cachalot, le grain blanc, et le harpon de Quequeg. Le cachalot, effleuré seulement par le fer, était manqué.

Le canot à moitié submergé demeurait à peu près en bon état. Nous nagions autour et nous récupérâmes tant bien que mal les avirons que nous remîmes en place. Nous remontâmes à bord, assis dans l'eau, environné de toutes parts par cette brume épaisse et chaude du grain blanc, tandis que le vent prenait de la force au fur et à mesure que le soir tombait. Rien ne répondait à nos appels, nous avions complètement perdu les autres baleinières. Quant au navire, il était parfaitement invisible. La violence de la mer rendait inutile toute tentative d'écoper l'eau qui emplissait l'embarcation.

Starbuck réussit cependant à allumer le fanal grâce aux allumettes que contient toujours une boîte étanche. Nous le hissâmes, ce malheureux signal, au bout d'un aviron dressé, et nous attendîmes toute la nuit, grelottants.

A l'aube, la brume nous entourait toujours. Le fanal, brisé pendant la nuit, était au fond du canot, et la mer ne diminuait pas. Soudain, Quequeg se dressa à demi et, portant la main en cornet à son oreille, écouta avec attention. Nous écoutions aussi, et nous commencions à entendre un bruit de craquements de vergues et de gréement, que les rafales de vent nous avaient jusque-là caché. Le son se rapprochait toujours. Soudain, quelle fut notre terreur de voir sortir de la brume épaisse, à quelques mètres à peine, une forme immense et indistincte qui se dirigeait droit sur nous !

Épouvantés, nous sautâmes tous à la mer, tandis que la baleinière abandonnée flottait un instant avant d'être heurtée de plein fouet par la robuste étrave du navire, et se retournait avant d'être engloutie par la mer. Le navire passé, elle revint cependant à la surface, et nous la regagnâmes encore une fois à la nage, nous y tenant jusqu'à ce qu'enfin nous fussions recueillis sains et saufs à bord du *Péquod*. Les autres baleinières, à l'approche du grain, avaient immédiatement coupé leurs lignes et regagné le *Péquod* en toute hâte. Ils avaient perdu à peu près tout espoir de nous retrouver, mais croisaient toujours, à la recherche d'un aviron brisé ou d'un morceau de bordage qui eût témoigné de notre naufrage et de notre mort.

CHAPITRE XVI

LE SOUFFLE

es jours, les semaines, passèrent. Les fantômes jaunes furent bientôt adoptés par l'équipage et nul n'y prêta plus d'attention qu'à n'importe quel matelot malais, lascar ou patagon. Seul Fedallah resta énigmatique jusqu'au bout.

J'avais enfin compris ce que veut dire «être prudent» pour un baleinier. Starbuck, on s'en souvient, passait aux yeux de tous pour le plus prudent des chasseurs de baleines. Quequeg m'avait laissé entendre que ce genre d'aventure, sans être monnaie courante, n'est pas rare au cours d'une campagne, et cet avis autorisé me décida à faire mon testament. Il peut paraître singulier que, de tous les hommes, les marins soient ceux qui fassent le plus volontiers leur testament, mais je crois bien que c'était la quatrième fois que je faisais le mien au cours d'un embarquement ; et je ne suis pas le seul. Je fis de Quequeg mon légataire universel.

Nous avions lentement dépassé les parages de chasse des Açores, puis ceux du cap Vert, celui de la Plata, ainsi appelé parce qu'il est situé au large du rio de la Plata, ainsi que la mer de Carroll, vaste étendue d'eau salée assez mal délimitée qui s'étend au sud de Sainte-Hélène.

Nous étions bien loin dans le sud sans avoir rencontré de proie, lorsqu'un soir le cri tomba de la hune :

« Là ! Elle souffle ! »

C'était la voix de Fedallah qui grimpait souvent aux mâts la nuit, pour guetter patiemment le souffle blanc. Les hommes s'en étonnaient, car même les baleiniers n'aiment pas mettre à la mer la nuit. Pourtant, le cri était si solennel et si joyeux à la fois que chacun eut immédiatement envie de mettre à la mer, par cette belle nuit. En trois bonds, Achab traversa le pont et ordonna de hisser toutes nos voiles, perroquets, cacatois, perruches et jusqu'aux bonnettes. L'alizé enflant cette immense quantité de toiles, le *Péquod* semblait raser la mer avec la légèreté et la vitesse d'une mouette. Mais le souffle ne fut aperçu qu'une seule fois.

Et puis, quelques jours plus tard, le même fait se reproduisit, à la même heure ; de nouveau, chacun le vit une seule fois, et il disparut après qu'on eut mis le cap sur lui. Et il en fut ainsi jour après jour, le souffle disparaissant parfois deux soirs de suite, et se montrant de nouveau au loin, comme un panache qu'argentait la lune. Il paraissait chaque fois plus loin, comme si ce mystérieux souffleur nous précédait ou nous guidait toujours plus avant.

Quand, enfin, nous mîmes cap à l'est, et que les vents rugissants des quarantièmes latitudes et du Cap hurlèrent autour de nous, que le *Péquod* gémissant s'éleva et s'abaissa longuement à la lame du Pacifique, il ne fut plus aperçu de longtemps. Toute cette période, Achab n'adressa que rarement la parole à ses officiers.

C'est au large des Crozets – un bon parage pour la baleine franche – que nous rencontrâmes l'*Albatros*. C'était la première fois que je voyais un baleinier en fin de campagne et en haute mer, spectacle qui impressionna fort le novice que j'étais.

Les coups de boutoir des vagues l'avaient blanchi de sel comme un vieux squelette. De longues traînées de rouille zébraient ses flancs.

Il ne portait que ses basses voiles et ses hommes de vigie, avec leurs longues barbes, semblaient enveloppés de peaux de bêtes tant leurs vêtements étaient rapiécés. Debout dans les cerceaux de fer fixés aux mâts, ils semblaient osciller et nous regardaient d'un air doux, sans rien dire à nos matelots.

Ce fut de l'arrière du *Péquod* que partit un cri, un cri d'Achab :

« Ho ! Du navire ! As-tu vu la baleine blanche ? »

Mais il arriva un accident étrange : lorsque le capitaine de l'*Albatros* éleva à ses lèvres le porte-voix de cuivre, il lui échappa des mains et tomba à la mer. Ce fut en vain, le vent ayant fraîchi, qu'il tenta de se faire entendre. Les hommes du *Péquod*, chacun à sa façon, interprétaient en silence cet incident comme un mauvais présage, comme si le simple fait de mentionner la baleine blanche à un autre navire était cause d'un ennui et d'une perte.

Achab parut sur le point de faire mettre à la mer pour aller à bord de l'*Albatros*, mais il se ravisa et, voyant à son aspect qu'il devait être de Nantucket, il cria :

« Ho ! Là-bas ! Ici le *Péquod*, en route pour le tour du monde ! Dites-leur d'adresser nos lettres dans l'océan Pacifique ! Et si nous ne sommes pas de retour d'ici à trois ans, qu'ils les adressent à... »

A ce moment, les yeux du capitaine furent attirés par un mouvement dans la mer et il s'arrêta. Les bancs de petits poissons qui, comme cela arrive souvent, escortaient fidèlement le *Péquod* depuis des semaines, obéissant sans doute à leurs habitudes étranges, quittèrent soudain le *Péquod* et allèrent se grouper autour et comme sous la protection de l'étranger.

Achab laissa tomber le porte-voix et dit à mi-voix : « Vous vous éloignez de moi, n'est-ce pas? »

L'esprit de l'homme inquiet voit ainsi des présages dans les faits les plus anodins.

Puis, se retournant vers le timonier, le capitaine hurla de son habituelle voix de tonnerre :

« La barre au vent! Cap sur le tour du monde! »

De fait, nous vîmes bien, par les autres navires que nous rencontrâmes par la suite, que le capitaine Achab n'avait guère envie de faire connaissance avec les bâtiments de rencontre, excepté s'ils pouvaient lui donner des nouvelles de la baleine blanche. Si sa première question obtenait une réponse négative, Achab ne s'arrêtait même pas. C'est pourtant une habitude établie chez les baleiniers, qui souvent sont partis depuis des mois, voire des années, sans toucher un port, et qui aiment à bavarder. L'un possède toujours des nouvelles plus fraîches que celles de l'autre, naturellement. Et puis l'on confie des lettres à ceux qui rentrent, ou bien l'on transmet des missives à destination d'un autre baleinier que l'on rencontrera peut-être dans certains parages de chasse ; les capitaines s'entretiennent à bord d'un des deux navires, les seconds à bord de l'autre, et les équipages fraternisent. Mais Achab ne voulait pas de nouvelles autres que celles de la baleine blanche, et nos rapports avec les amis de rencontre furent toujours des plus brefs.

Nous laissâmes les Crozet en faisant route au nord-ouest et en traversant d'immenses étendues de krill. Le krill est une sorte de minuscule crevette qui se rencontre par bancs entiers, parfois sur des dizaines de kilomètres de longueur, et qui forme une grande partie de l'alimentation des baleines. Le krill couvre la mer comme des prairies jaunes, et les cétacés baleines s'y promènent la gueule ouverte, laissant derrière eux d'immenses trainées d'eau bleue. Car ils recrachent l'eau en gardant le krill filtré par leurs fanons. Le deuxième jour, nous aperçûmes ainsi un grand nombre de baleines franches qui broutaient ces immenses prés avec un bruit bizarre d'herbe que l'on coupe. Mais les baleines franches étaient à l'abri des attaques d'un chasseur de cachalots, et nous les laissâmes tranquilles.

Nous faisions cap sur Java; une faible brise nous poussait doucement, la pomme des trois mâts se balançait lentement sur la mer, et chaque soir, maintenant, le souffle mystérieux était aperçu.

Mais, ce jour-là, c'est un spectre étrange qui fut signalé par Daggoo, en vigie à la tête du mât.

Car, au loin, une puissante masse blanche s'élevait à la surface de la mer, comme une montagne neigeuse, avant de replonger. Puis elle émergeait de nouveau. Cela n'avait pas vraiment l'air d'une baleine, mais Daggoo, à sa troisième apparition, se demanda si ce n'était pas Moby Dick. Alors, d'une voix aiguë qui mit instantanément chacun sur ses pieds, le géant noir hurla : « Là, là ! Elle émerge ! Droit devant ! La baleine blanche ! La baleine blanche ! »

L'équipage se précipita, grimpant en hâte dans les haubans pour mieux voir, tandis que, debout sur le beaupré, Achab scrutait avidement la mer dans la direction indiquée. Peut-être le capitaine était-il sous l'impression du souffle solitaire que nous apercevions chaque nuit, peut-être ne réfléchit-il pas. En tout cas, avec une hâte passionnée, il donna l'ordre de mettre les baleinières à la mer.

En un instant, les quatre embarcations filaient sur les vagues avec les équipages au complet. Achab était en tête. Bientôt, nous fûmes au point où la bête avait plongé. Nous n'eûmes pas longtemps à attendre : quelques instants plus tard, l'animal émergeait de nouveau. Et, sous nos yeux épouvantés, apparut l'un des plus horribles monstres que la mer recèle en ses profondeurs. C'était une vaste masse caoutchouteuse, d'un blanc éblouissant, d'une taille incroyable, qui flottait nonchalamment. Des bras innombrables se tordaient sur la mer à partir de son centre, centre effroyable où deux gros yeux glauques indiquaient seuls la place d'une tête!

Tandis que le monstre s'engloutissait de nouveau dans les profondeurs avec un bruit de siphon, Starbuck, les yeux fixes, s'écria avec consternation :

« Plutôt mille fois Moby Dick et le combat à mort avec lui que t'avoir aperçu une seconde, monstre horrible et horrible fantôme!

– A votre avis, monsieur, demanda Flask qui était dans la baleinière voisine, qu'était-ce que cette horrible chose?

– C'était la pieuvre géante, Flask, répondit Starbuck sans le regarder, le calmar géant fabuleux, dont on dit qu'aucun de ceux qui l'ont aperçu ne sont jamais rentrés au port pour le dire! »

Quant à Achab, il fit virer son canot et rentra à bord d'un air sombre.

Quelles que soient les superstitions qui entourent, notamment chez les marins, cet animal extraordinaire, il est certain qu'il est extrêmement rare de l'apercevoir et qu'on a toujours considéré sa vue comme de mauvais augure. On dit que le calmar géant fournit au cachalot la plus grande partie de sa nourriture. C'est possible : peu de gens sont allés voir sur place le déjeuner d'un cachalot, et le cachalot accorde rarement d'entretien à des journalistes. Cependant, les observations que l'on a pu faire, par exemple en examinant l'estomac d'un cachalot, ont montré maintes fois des tronçons de ce qui pourrait être des bras de calmar géant, et certains mesurent huit à dix mètres. Le cachalot harponné en rejette même parfois. Ce serait là le fameux « kraken » dont parlent les vieux auteurs.

Il serait peut-être temps, maintenant, de donner une idée de la façon dont est équipée une baleinière. Tout d'abord, on sait que le harpon est attaché à une ligne, ligne faite de cinquante et un torons de chanvre. Cela lui donne un diamètre d'un centimètre et demi, environ, et l'on ne croirait jamais à la voir qu'elle puisse être aussi solide qu'elle l'est en réalité. Cette ligne a près de deux cents brasses de long ; elle est enroulée avec le plus grand soin dans une baille, une sorte de baquet, en couches horizontales et concentriques, de façon à n'offrir aucun nœud ni torsion. Certains harponneurs n'hésitent pas à grimper jusqu'en haut des mâts avec leur ligne pour la laisser pendre et la détordre le mieux possible.

La baille est posée à l'arrière de la baleinière et la ligne s'enroule par un tour mort autour d'un « taberin » avant de traverser toute la longueur de l'embarcation pour passer dans une ouverture garnie de plomb pratiquée à l'avant du canot. De là, la ligne fait une boucle extérieure et revient à l'intérieur du plat-bord où sont lovées quinze à vingt brasses de ligne. L'extrémité en est fixée au harpon par une série d'astuces techniques véritablement trop longues et trop compliquées à décrire.

On voit, cependant, que la ligne du harpon traverse toute la baleinière et passe entre les hommes assis au banc de nage, en sorte que le soin pris pour l'enroulement de la ligne est absolument nécessaire, car le moindre nœud, la moindre boucle, risque d'arracher tout bonnement un homme de son banc et de l'entraîner à la mer. On ne compte plus, d'ailleurs, les accidents de ce genre, accidents dont aucun journal ne parle jamais. Il est impossible de placer la baille à l'avant, tout simplement parce qu'il n'y a pas la place à la fois pour la baille – qui n'a pas moins d'un mètre de haut et d'un mètre de large – et le harponneur.

Tous ces détails sont un peu fastidieux, mais utiles pour comprendre les événements de ce récit.

En effet, si l'apparition du calmar géant fut prise par Starbuck comme un mauvais présage, il en alla différemment pour Quequeg : « Quand toi voir grand calmar, dit mon ami en aiguisant son harpon, toi voir bientôt cachalot ! »

Le jour suivant, ce fut le calme plat sous un soleil écrasant. C'était mon tour d'être en vigie, et je me laissais bercer par le mouvement indolent du navire, comme d'ailleurs mes deux camarades qui étaient aux mâts d'artimon et de misaine. Ils dormaient tous deux.

Je fermais les yeux de temps en temps, cramponné par habitude au cerceau. Soudain, en ouvrant les yeux, que vis-je ?

A moins de deux cents mètres, sous le vent du navire, un cachalot gigantesque venait d'émerger et roulait dans l'eau comme un navire retourné ! Son vaste dos noir luisait comme du métal et il soufflait tranquillement et régulièrement, comme un bourgeois qui fume sa pipe. Pauvre cachalot ! Ce fut vraiment ta dernière pipe ! Car, à mon cri, le navire fut comme touché par une baguette magique et une activité frénétique s'ensuivit à l'instant même.

Tout en donnant des ordres, Achab s'était lui-même emparé de la barre du gouvernail tandis que l'on armait les baleinières. Les cris de l'équipage avaient dû alerter le cachalot, car il s'éloigna de nous majestueusement. De son extrême tranquillité le capitaine conclut que l'animal n'avait peut-être pas eu véritablement peur, et il ordonna en conséquence de ne pas se servir des avirons et de parler à voix basse. En sorte que, comme des Indiens sur le sentier de la guerre, nous avançâmes bientôt dans nos canots en utilisant de silencieuses pagaies, puisque le calme plat interdisait de se servir des voiles.

Cependant, tandis que nous approchions, le léviathan leva tout droit en l'air sa formidable queue et disparut dans la mer comme un bâtiment qui sombre.

« Il sonde ! » criâmes-nous. Il n'y avait plus qu'à attendre. Stubb ralluma sa pipe et nous attendîmes. Une demi-heure plus tard, le cachalot fit surface à quelque distance de la baleinière de Stubb. Il manifesta aussitôt de l'inquiétude ; comme il était visible qu'il se savait maintenant pourchassé, il n'y avait plus de raison de faire silence et nous armâmes en hâte les avirons. Mais il était évident que Stubb aurait l'honneur de l'assaut.

Le cachalot filait maintenant droit devant lui, la tête soulevée en biais hors de l'eau, comme c'est l'habitude chez ces animaux, soulevant des gerbes d'écume.

Stubb encourageait ses hommes à mi-voix : « Allez-y, les gars, attrapons-le ! Pas de hâte, ne vous pressez pas, mais foncez comme les cent mille tonnerres ! »

La fumée de sa pipe lui sortait par les narines et par la bouche à la fois, tandis qu'il maniait son grand aviron de queue pour guider la baleinière selon la ligne la plus droite et la plus habile.

« Tashtego, mon gars, reste froid, reste froid comme un concombre ! Allez ! Comme ça ! Deux ! Comme ça ! Deux !... Deux !... Deux !... »

Le rythme s'accélérait et les hommes, le regard rivé sur le visage convulsé de Stubb, tiraient comme des damnés sur les lourds avirons de frêne, propulsant la baleinière à la force des muscles sur le danger qu'ils ne voyaient pas. Deux !... Deux !...

Stubb mâchait le tuyau de sa pipe.

« Souquez, les gars, souquez ! Deux !

– Whoo-hoo ! s'écria en réponse le Peau-Rouge. Wa-hee !

Et la puissance de son coup d'aviron rompit le rythme des avirons.

De l'autre baleinière, les harponneurs, électrisés, hurlèrent chacun en sa langue leurs cris de guerre sauvages.

« Ki-hiie ! » rugissait Daggoo, tandis que Quequeg dominait le bruit des vagues du cri des îles : « Ka-laa ! Kou-loo ! »

Et les baleinières volaient sur les vagues au bruit des cris et des avirons qui remontaient et retombaient dans la mer comme les pistons d'une machine emballée ; les harponneurs, tirant sur le bois à s'en rompre les tendons, concentraient tout ce qu'ils possédaient d'énergie et de raison dans leurs épaules et leurs bras, comme des forcenés, et jetaient toutes leurs forces dans ce labeur éreintant, jusqu'à ce que retentît le cri attendu : « A toi, Tashtego ! Pique ! Pique ! »

Et, avec un rugissement sourd, l'Indien peau-rouge lança son harpon. Le harpon vola dans les embruns, et les hommes des avirons sentirent la ligne frissonner et filer comme une anguille au ras de leurs poignets en sifflant, tandis que de toutes leurs forces ils s'arc-boutaient sur les avirons et arrêtaient le formidable élan du canot. Car la ligne se dévidait à toute vitesse malgré les deux tours morts donnés par Stubb au dernier moment autour du taberin, mettant à vif les mains calleuses de l'officier qui avait malencontreusement laissé tomber ses grosses moufles de toile.

« Mouille ! Mouille la ligne ! » cria Stubb au nageur de baille (on appelle ainsi l'homme du premier aviron près de la baille). L'homme saisit aussitôt son bonnet et, puisant de l'eau à la mer, en inonda la ligne vibrante qui se tendait. Maintenant, la ligne ne se dévidait plus dans la baille, le cachalot harponné entraînait le canot qui rejetait une double volute d'écume à son étrave. Stubb et Tashtego changèrent alors de place, exécutant la dangereuse traversée du canot rendue obligatoire, car c'est au chef de baleinière que revient la tâche de tuer la bête épinglée par le harponneur. Cette fois, c'était la haute silhouette mince de l'Indien qui maintenait fermement l'aviron de queue. Stubb, sa petite pipe noire à la bouche, le genou fermement calé dans l'évidement pratiqué à cet effet dans le plat-bord à l'avant de la baleinière, attendait, la lance à la main, le moment de frapper.

Main sur main, les hommes halaient sur la ligne, et le canot se rapprochait du monstre. Bientôt, Stubb étant à portée et la chaloupe courant flanc à flanc avec le cachalot, l'officier plongea coup sur coup sa lance aiguë dans le flanc noir. Il la ramenait encore et encore, cherchant la vie rouge et profonde de l'énorme bête affolée qui fuyait droit devant elle.

Des flots de sang sortaient des profondes blessures comme des ruisseaux jaillissant d'une colline. La scène confuse était éclairée des derniers rayons du soleil, en sorte que toute la mer et jusqu'au visage des hommes, était rouge d'un rouge de sang. Le cachalot blessé soufflait de façon spasmodique. Stubb ramenait sa lance tordue, la redressait d'un coup de genou et la replongeait loin dans l'énorme corps, et encore, et encore. Il cherchait et cherchait encore le centre vital du monstre. Bientôt, il le trouva. Alors le grand poisson, près de mourir, «fleurit», comme on dit : il perdit sa colère et son énergie et se résigna à mourir, se vautrant dans les flots de son propre sang, battant désespérément l'eau de sa queue et de ses nageoires, s'enveloppant d'embruns écarlates. Puis, il roula d'un flanc sur l'autre et, dans un dernier spasme, souffla tout à coup du sang rouge qui retombait en caillots énormes autour de lui. Puis il roula subitement sur le flanc et mourut.

« Il est mort, monsieur Stubb! dit Tashtego.

– Oui, dit Stubb satisfait, nos deux pipes se sont éteintes en même temps. »

Et, secouant sa petite pipe sur le plat-bord de cèdre, Stubb contempla longuement l'immense animal qu'il venait de tuer.

CHAPITRE XVII

LE DINER DE STUBB

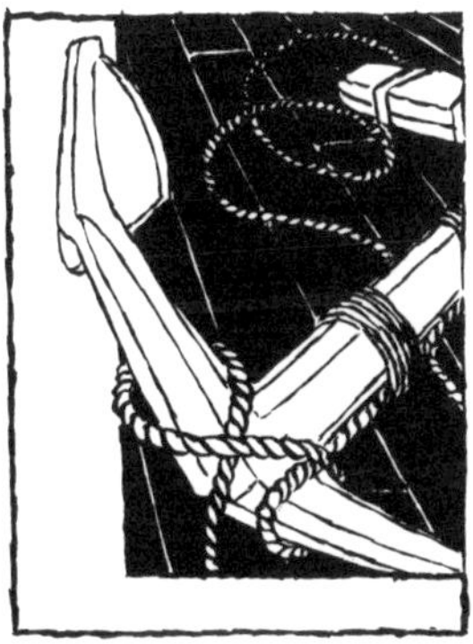

a bête avait été tuée finalement assez loin du *Péquod*. Le calme durait toujours, en sorte que nous dûmes atteler les trois baleinières en flèche et haler le grand cadavre jusqu'au navire à force d'avirons. C'est là que l'on se représente le poids et la masse formidables de ce géant marin !

A dix-huit hommes que nous étions, nous mîmes des heures. Il était bien avant dans la nuit que nous étions encore à remorquer le cachalot, nous guidant sur les fanaux que le *Péquod* avait allumés dans sa mâture. Quand nous arrivâmes, le capitaine Achab était rentré dans sa cabine après avoir donné les ordres pour l'amarrage. Nous ne le vîmes plus jusqu'au lendemain, comme si cette chasse pleinement réussie le laissait insatisfait. Mais, sur le navire, l'activité était intense. A la lueur des fanaux, les hommes halaient de lourdes chaînes par les sabords de charge, et des cordages énormes étaient amenés sur le pont. Ce n'était pas le *Péquod* cependant qui jetait l'ancre, c'était le cachalot que l'on amarrait au navire. Comme il arrive toujours, étant donné qu'il s'agit de la partie la plus musculeuse et la plus lourde, la queue de la baleine, encore souple, plongeait dans la mer. Au moyen d'un câble muni d'un flotteur à une extrémité et d'un poids en son milieu, on passa une élingue sous cette queue et on le fixa solidement au navire. On fit de même pour la tête, qui est bien plus légère.

Stubb, le flegmatique Stubb, était enfiévré par sa victoire et manifestait une activité inhabituelle. Starbuck, à qui ce soin revenait normalement, lui abandonna en souriant la direction des opérations. Mais l'ardeur de Stubb était soutenue par une raison étrange : Stubb était amateur de bonne chère et Stubb aimait le steak de baleine ! Il avait même une prédilection avouée pour ce mets sanglant.

« Un steak ! cria-t-il, une bonne tranche avant que j'aille dormir ! Eh ! Daggoo ! Fais un saut par-dessus bord, je te prie, et coupe-moi une bonne tranche dans le *small* ! » C'est ainsi que l'on appelle la partie du cachalot qui se rétrécit vers la queue et que les amateurs considèrent comme un véritable délice.

Vers minuit, Daggoo avait découpé cet énorme steak, et, à la lueur des quinquets qui brûlaient de l'huile de baleine, le lieutenant Stubb mangea vaillamment son dîner de cachalot, debout devant la boîte à cartes, comme à un buffet.

Il ne fut pas seul à dévorer de la viande de baleine ce soir-là : dans les cales, on entendait d'innombrables

coups de queue qui ébranlaient les solides bordés du navire ; c'étaient les requins qui, par centaines, accouraient de l'horizon pour se repaître du grand cadavre. En se penchant sur la lisse, on les voyait grouiller dans l'eau noire et se retourner sur le dos pour happer de leurs mâchoires aiguës des morceaux ronds gros comme une tête humaine. Ce spectacle est proprement incroyable. Comment le requin arrive-t-il à découper comme à l'emporte-pièce des morceaux aussi nets dans une surface aussi lisse et apparemment inattaquable? Ces trous semblent découpés au rasoir ; plus exactement, on pourrait les comparer aux logements que la fraise du menuisier pratique dans le bois pour loger les têtes de vis.

Tout à coup, Stubb releva la tête de son repas et s'écria : «Coq! Coq! Où êtes-vous, Coq? Mettez un peu le cap par ici! Où est-il ce vieux Toison? »

Le vieux Noir qui faisait fonction de maître-coq sur le *Péquod* n'était pas précisément heureux d'être tiré de son hamac à cette heure, mais il se traîna d'un air peiné hors de la chaleur de sa cuisine, en clopinant. Comme beaucoup de vieux Nègres, il souffrait des articulations. Le vieux Toison, comme on l'appelait, arriva donc d'un air mécontent et se campa devant le second d'un air bougon.

« Quoi ça y est, missié Stubb? demanda-t-il d'un air mécontent.

– Coq, dit Stubb en portant à ses lèvres un morceau de viande saignante, ne trouvez-vous pas que ce steak est légèrement trop cuit? Et vous l'avez trop battu, coq, ce steak est trop tendre! Je vous ai toujours dit que pour être bonne la viande de baleine doit être un peu dure! Vous entendez les requins, tout près? Eh bien! C'est ainsi qu'ils la préfèrent : dure et saignante! Ils font d'ailleurs beaucoup de bruit, ces requins. Dites donc, coq, allez donc leur dire deux mots. Informez-les qu'ils peuvent se servir s'ils veulent, mais modérément et poliment, sans faire de bruit. Allez, coq, prenez cette lanterne et allez leur faire un sermon comme si vous étiez en chaire! »

Le vieux Nègre regarda Stubb d'un air indécis, se demandant s'il se moquait de lui, mais Stubb était parfaitement sérieux. Il prit donc la lanterne en maugréant et se dirigea vers la lisse en brandissant les pinces à feu qui ne le quittaient guère. Stubb le suivit pour entendre ce qu'il allait dire.

« Mes f'è'es ! commença le vieil homme avec componction, mé voilà ici pa' o'dre pour vous dire d'aêtter ci satané tintama'e, là en bas ! missié Stubb vous faire di'e que vous pouvez, là, bouffer du baleine jusqu'à péter vos vent'es, mais pa' Dieu ! A'êtez ci damné potin !

– Dites donc, maître-coq ! intervint sévèrement Stubb, on ne jure pas en faisant un sermon, que diable ! Ce n'est pas le bon moyen de convertir les pécheurs, coq !

– Et alo', dit le coq de mauvaise humeur, faites-le se'mon vous-même, missié Stubb !

– Non, non continuez, coq, mais ne jurez pas !

– Bon, alo', continua le vieux, fè'es bien-aimés...

– Très bien, approuva Stubb, parfait, continuez comme cela.

– Ze sais, f'è'es bien-aimés, que vous êtes, vous aut' 'equins des gens vo'aces et tout ; je ne vous blâme pas, c'est la natu' et on n'y peut 'ien. Mais cont'ôler la natu', mes f'è'es, c'est ça qui l'est, le but ! Vous comp'enez, si vous ép'imez la natu' du 'equin qui est en vous, alo' vous deviend'ez des anges, et ze vous le dis, mes f'è'es, les anges sont pas aut' chose que des 'equins qui ont maît'isé la natu' ! Alo', tâchez voi' à êt' polis, mes bien-aimés f'è'es ! N'a'achez pas les g'os mo'ceaux de g'aisse de la bouche de vot'voisin, ze vous dis ! Ca' pou' cette baleine, un 'equin en vaut un aut', pas v'ai ? Et pa' Dieu ! nul n'a de d'oit su' cette baleine. Cette baleine, elle appa'tient à quelqu'un d'aut'. Su' et ce'tain que plusieu' d'ent'e vous, ils ont des t'ès g'andes gueules, des gueules plus g'andes que les aut', mais dites-vous bien que les g'andes gueules, elles sont pou' p'épa'er des petits mo'ceaux pou' les pétits 'equins qui peut pas si sé'vi' soi-même !

– Bravo, coq, dit chaleureusement Stubb, ça, c'est vraiment chrétien !

– Vous savez, missié Stubb, dit alors le vieux Nègre en se tournant vers l'officier, j'y c'ois l'y pas la peine d'y continuer le se'mon. Ci là, damnés scélé'ats ! Y continuent à s'y batt' ent',eux et voler la bonne viande ! Ca se' à 'ien d'y fai' li se'mon, pa'ce qu'eux l'y ont la natu' di 'equin, ça maudits gloutons, missié Stubb !

– J'ai bien peur que vous n'ayez raison, coq ! dit pensivement Stubb. Très bien, donnez-leur votre bénédiction et venez me parler ensuite. Je vais finir mon steak. »

Le vieux étendit alors ses deux mains vers les eaux noires et agitées et s'écria d'une voix aiguë :

« Satanés f'è'es bien-aimés ! Puissiez-vous fai' autant de tintama'e que vous pou'ez, et bouffer la baleine zusqu'à ce que vos sales vent'es éclatent ; et pis c'evez tous avec ma bénédiction ! »

Le vieux cuistot revient alors vers Stubb.

« Maintenant, coq, dit Stubb, écoutez-moi bien.

– Tout o'eilles, missié Stubb, dit le vieux d'un ton maussade.

– Revenons au steak. Quel âge avez-vous, maître-coq ?

– Quelle affai'e avec li steak, missié Stubb ? dit l'autre d'un air bougon.

– Ne vous inquiétez pas de cela. Quel âge avez-vous ?

– Dans les quat' vingt-dix, ils disent !

– Vous avez donc vécu près d'un siècle sans savoir faire cuire un steak de baleine ? s'étonna Stubb en engloutissant une énorme bouchée de viande sanguinolente. C'est incroyable !

– Dieu ait mon âme si z'en fait jamais cui' une aut', missié Stubb ! bougonna le coq en se détournant pour s'en aller.

– Revenez, coq, et écoutez-moi. Là, donnez-moi ces pincettes une seconde. Très bien, goûtez-moi cela et dites-moi si vous le trouvez cuit comme il faut. Allez-y, goûtez ! »

Le cuistot finit par se décider et mordit la viande.

« Zuteux ! conclut-il, t'ès zuteux ! Le meilleu' steak de baleine que z'aie zamais goûté !

– Coq ! dit Stubb d'un air sévère, vous êtes croyant, j'espère ? Et vous osez dire d'aussi épouvantables mensonges ? Où croyez-vous que vous irez, après cela ?

– Dans mon hamac, répondit le vieux, continuer à do'mi'.

– Je ne vous parle pas de cela, je veux dire quand vous mourrez. C'est une question épouvantable, mais où croyez-vous aller à ce moment-là ? Répondez !

– Ça, missié Stubb, répondit le vieux nègre d'un ton grave et convaincu et en même temps rempli d'une merveilleuse espérance, ça, quand le peuv' vieux nèg' mou'a, il i'a nulle pa' lui-même, mais un ange béni du Seigneu' viend'a le che'cher ! Et il l'emmène'a là-haut ! »

Et le vieux cuistot pointait solennellement ses pincettes vers la grand-hune.

« Bon, dit Stubb après avoir réfléchi un instant, pas dans la grand-hune, hein, j'imagine ? Plus haut, vous voulez dire ? Très bien. Alors écoutez-moi sinon vous n'irez pas. D'abord quittez votre chapeau et mettez la main droite sur votre cœur.

– Tout o'eilles, missié Stubb! fit le vieux en prenant la position indiquée.

– Mais non! dit Stubb, sur le cœur! Pas sur l'estomac! Bon, restez comme cela : votre steak, coq, était si affreusement mal cuit que je me suis dépêché de le faire disparaître pour ne plus le voir. Vous l'avez constaté de vos yeux. Alors, la prochaine fois que je vous demanderai un steak de cachalot pour ma table personnelle, ici sur la boîte à cartes, vous m'entendez? voilà ce que vous ferez pour qu'il ne soit pas trop cuit : vous prendrez le steak d'une main et de l'autre vous lui montrerez, vous lui montrerez seulement de loin, vous m'entendez? un morceau de braise. C'est très suffisant, et c'est cuit à point. N'oubliez pas. J'y pense, maintenant : quand nous ferons le dépeçage, demain matin, soyez là et ne manquez pas de prendre le bout des nageoires, vous les mettrez à mariner. Ah! j'oubliais, il faudra aussi mettre les bouts de la queue dans la saumure, hein, vous n'oublierez pas? Bon, c'est tout, allez dormir maintenant! »

Mais tandis que le vieux Nègre regagnait en trottinant son hamac, Stubb lui criait encore :

« Coq! demain soir, au quart de minuit, vous me servirez aussi des croquettes de baleine, vous m'entendez? Et aussi des boulettes de baleine, pour le petit déjeuner, c'est compris? »

Et en passant près de moi, le vieux cuistot murmurait :

« Mais il est plus 'equin que missié 'Equin lui-même, missié Stubb! Sac'ebleu! Il va fini' pa' manger toute la baleine à lui tout seul! »

CHAPITRE XVIII

LE DÉPEÇAGE

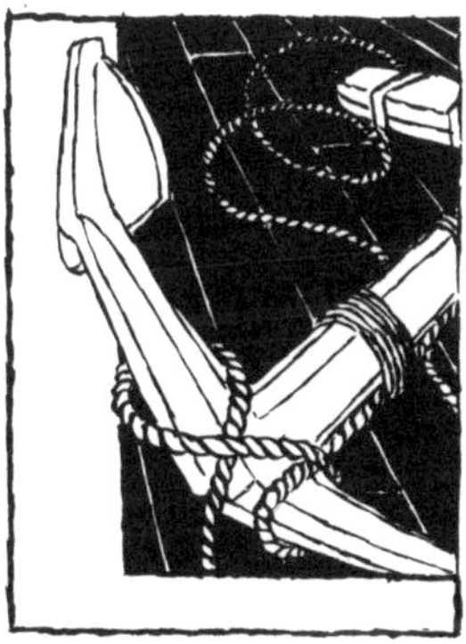

e dimanche fut un jour de labeur intense. Les baleiniers sont les premiers hommes du monde pour manquer à la règle du repos dominical. Le *Péquod*, le blanc et propre *Péquod* qui semblait fait d'ivoire, ressembla bientôt à un abattoir. Le sang ruisselait de partout.

On mit d'abord en place d'énormes poulies, appelées caliornes, en grappes formidables frappées sur le mât de misaine et le grand mât, et l'énorme crochet se balança par un système compliqué au-dessus du grand cadavre flottant. Pour donner une idée de l'énormité des apparaux mis en service à cette occasion, disons que le grand croc ne pèse pas moins d'une cinquantaine de kilos.

Alors Stubb et Starbuck, grimpés sur l'animal, commencèrent à tailler dans le lard à l'aide de longues pelles tranchantes et aiguisées comme des couteaux, afin de creuser un trou en avant des nageoires, et d'y insérer le grand croc. Cela fait, et le croc ayant mordu dans le lard comme un gigantesque hameçon, ils dessinèrent une entaille en demi-lune autour de ce point et le poursuivirent en deux lignes parallèles vers le bas. L'équipage se mit alors au guindeau et commença à virer au son d'un chant de marins, tandis que, sous l'effort des câbles qui se tendaient, le morceau de lard croché s'arrachait peu à peu et que le navire s'inclinait sur la mer avec des craquements. Enfin, avec un grand bruit de déchirement, le lard céda et se sépara du corps du cachalot, en une bande épaisse de soixante centimètres. Le navire se redressa. Comme le lard enveloppe le cachalot à la façon dont une orange est enveloppée de sa peau, il n'y avait qu'à continuer le découpage de l'entaille avec les louchets, selon une longue spirale qui pèlerait le cachalot de la tête à la queue, exactement comme un fruit. En raison de la traction constante du guindeau, le lard s'arrache en une longue bande continue et le corps du monstre tourne sur lui-même. La bande de lard peut ainsi monter jusqu'au mât de hune avant qu'on la coupe et que l'on replace le crochet plus bas, tandis que tout ruisselle de sang. La première bande découpée est alors amenée au-dessus de l'écoutille et descend lentement par un système de palans dans la vaste cale appelée «parc au gras». Là, d'autres hommes s'en emparent et la roulent sur elle-même pour la stocker provisoirement.

Cependant, avant de peler entièrement le cachalot, on sépare la tête du corps: c'est ce qu'on appelle le «déjointer». Cette opération chirurgicale s'exécute au moyen du louchet et demande une habileté peu commune. Des hommes comme Stubb, qui se vantait de déjointer un cachalot en dix minutes, sont rares. Il faut en effet travailler à huit ou dix pieds du champ opératoire, en tenant compte des mouvements combinés du navire et du cadavre. On doit rechercher à travers plusieurs pieds de graisse et de muscle l'emplacement présumé des vertèbres, à un endroit parfaitement hypothétique puisque le cachalot, comme d'ailleurs la baleine, ne présente aucune espèce de cou. Ajoutez parfois à cela une mer démontée...

Bref, la tête sectionnée est amarrée à l'arrière du navire jusqu'à ce que l'on ait entièrement pelé le corps. Alors retentit le commandement : « Halez les chaînes en dedans ! » et on largue la carcasse sur laquelle les oiseaux de mer s'abattent à la curée.

Reste à s'occuper de la tête. Pour un petit cachalot, on la hisse sur le pont à grand renfort de bras pour la traiter à loisir. Mais, dans le cas d'un grand cachalot adulte, c'est évidemment impossible. Elle reste amarrée au flanc du navire.

Nous en étions à ce moment de l'opération lorsque tomba de la hune le cri :

« Navire !

– Ah ! Tant mieux ! s'écria le capitaine Achab, pour une fois débarrassé de ses idées sombres. A quelle distance ?

– Trois points tribord avant, monsieur, et venant à nous sous le vent !

– Très bien ! » dit Achab, apparemment ravi.

Peut-être avait-il une sorte de pressentiment, car ce navire, que l'on reconnut bientôt pour le *Jéroboam*, de Nantucket, lui donna les premières nouvelles fraîches de son ennemi Moby Dick. Le malheureux *Jéroboam* n'avait que trop rencontré le terrible cachalot blanc et la chasse que ses baleinières lui avaient donnée s'était terminée, comme nous l'apprit le commandant du navire, par l'écrasement d'un canot et la mort du second Macey. Nous avions d'ailleurs, à bord, une lettre adressée par sa femme à ce malheureux officier. Nous n'eûmes pas

en fait de longs rapports avec le *Jéroboam* car son capitaine refusa de monter sur le *Péquod*, ayant une maladie contagieuse sur son navire.

Cependant, ce jour-là, la tête de cachalot qui faisait toujours escorte au *Péquod* dut attendre un peu plus, car on signala une troupe de baleines franches. A la surprise générale, le capitaine Achab donna l'ordre de les chasser. A la surprise générale, dis-je, car le *Péquod* était armé spécialement pour la chasse au cachalot et les baleines franches, gigantesques animaux dont l'huile est de qualité inférieure, nous intéressaient fort peu. Nous en avions rencontré des troupes entières au large des Crozet sans mettre un canot à la mer.

Mais, à la vue des hauts souffles doubles qui s'élevaient sous le vent, les baleinières de Stubb et de Flask furent envoyées en chasse.

Un moment plus tard, la vigie annonça qu'un des canots, sinon les deux, se rapprochaient du navire, tirées par leur gibier. Ils se rapprochèrent tant et si bien, d'ailleurs, que l'on crut un moment que la baleine allait s'écraser sur le navire. Hélas, au dernier moment, elle sonda et disparut comme aspirée par un tourbillon.

« Coupez ! Coupez la ligne ! » criaient les hommes du bord à ceux des baleinières. Mais, par une habile manœuvre, ceux-ci parvinrent à force de rames à gagner l'avant du *Péquod* sans s'écraser sur le bordé. On sentit toutes les fibres du navire tressaillir, la ligne tendue racler la quille d'arrière en avant, et en un instant les baleinières furent de nouveau libres. Peu de temps après, d'ailleurs, la baleine épuisée refit surface et Flask et Stubb l'assaillirent chacun d'un côté à grands coups de lance. Puis, la baleine souffla rouge ; après une convulsion et un vomissement effrayant, elle roula sur le côté, morte.

« Je me demande bien où le Vieux veut en venir en nous envoyant tuer ce grand morceau de lard rance? demanda Stubb.

– Où il veut en venir? répondit le petit Flask, c'est simple! N'avez-vous jamais entendu dire, monsieur Stubb, qu'un navire qui a d'un côté une tête de cachalot et de l'autre une tête de baleine amarrées à ses flancs ne peut plus jamais chavirer?

– Tiens? dit Stubb, j'ignorais! Vous êtes sûr?

– C'est cet espèce de fantôme de Fedallah qui me l'a dit. En tout cas ce gars-là s'y connaît en fait de sortilèges de la mer! Il ne me plaît guère, ce bonhomme-là. Avez-vous remarqué cette dent qui dépasse de sa bouche ?

– Oui, oui, répondit Stubb, vous savez, Flask, à mon avis c'est tout simplement un diable qui s'est embarqué sur le *Péquod.* Vous n'avez pas vu sa queue de diable, évidemment, mais c'est parce qu'il la porte roulée dans sa poche!

– C'est sûr! rit Flask. D'ailleurs, je me rappelle à présent qu'il lui faut toujours de l'étoupe pour mettre dans ses bottes; c'est bien sûr à cause de ses sabots fourchus! »

Cet échange de plaisanteries à demi sérieuses cessa avec l'arrivée des baleinières au *Péquod.* L'événement donna raison à Flask : le capitaine Achab donna l'ordre d'amarrer sur l'autre flanc la tête de la baleine. Dans l'esprit du capitaine, le *Péquod* ne pouvait plus chavirer. De fait, il ne chavira jamais.

CHAPITRE XIX

LE PUITS ET LES SEAUX

On sait que la tête d'une baleine est plus ou moins pointue, comme celle de nombreux poissons. Celle du cachalot, en revanche, offre un profil vertical et présente un énorme front bombé. Ce front se compose, au-dessus d'un crâne assez semblable à celui de la baleine, d'une espèce de bouclier de chair fibreuse extrêmement coriace et épaisse, à demi cartilagineuse. Ce bouclier protège une sorte de boîte en forme de toit renversé, très profonde et très large, contenant un liquide blanc, doux et précieux, connu sous le nom de spermaceti ou blanc de baleine. C'est notamment ce spermaceti, produit encore actuellement irremplaçable pour de nombreuses industries, que l'on recherche dans le cachalot. La baleine, elle, ne fournit guère que de l'huile, ainsi que des fanons.

Or il faut extraire le spermaceti de la cavité qui le contient. C'est pourquoi, ce jour-là, Tashtego grimpa dans la mâture et gagna le bout de la grand-vergue d'où il surplombait exactement la tête du cachalot. De là, l'Indien descendit par un câble sur la monstrueuse tête elle-même où il se tint debout, armé d'une pelle tranchante à manche court. Attentif, il cherchait en tâtonnant l'endroit précis où mettre en perce ce formidable tonneau. Enfin, à coups précis, il tailla dans la chair et dans l'os une ouverture assez large. Alors un seau en fer fut fixé à l'extrémité du filin et, au moyen de la poulie, le seau fut descendu, guidé par une longue perche que tenait Tashtego dans le trou. Puis les matelots hissent le seau qui remonte, écumant d'une matière semi-liquide ressemblant à du lait, et les hommes l'attirent délicatement pour le déverser dans une cuve. Il n'y a plus ensuite qu'à recommencer jusqu'à épuisement de la poche crânienne du cachalot. A la fin, après de nombreux va-et-vient, Tashtego devait pousser très profondément le seau à l'aide de sa perche pour le remplir.

Plusieurs cuves étaient déjà pleines de ce liquide blanc et odorant lorsque – fut-ce imprudence ? fut-ce le destin ? – Tashtego glissa sur la peau grasse. Avec un cri, il tomba la tête la première par le trou pratiqué dans l'immense tête et disparut à la vue dans un horrible gargouillement huileux !

« Un homme à la mer ! » cria Daggoo qui fut le premier à reprendre ses esprits au milieu de l'horreur générale. Sans perdre un instant, il mit un pied dans le seau que l'on avait hissé et en une seconde atterrit sur le crâne du monstre. La puissante tête était secouée de tremblements, provoqués par le malheureux Tashtego qui se noyait dans le spermaceti glissant et épais. De l'extérieur, on aurait cru que cette tête était agitée de pensées formidables, alors que c'était simplement les soubresauts d'un homme en train de mourir.

Alors, pour comble de malheur, l'un des deux énormes crocs auxquels était suspendue la tête cassa net avec un bruit sinistre. La tête se mit à osciller dangereusement. Le croc restant avait maintenant à supporter tout le poids et paraissait devoir lâcher d'une seconde à l'autre.

« Reviens! Reviens! » criaient les hommes à Daggoo, mais celui-ci, accroché d'une main au filin comme dernier secours, tentait de pousser le seau dans le fond du crâne avec sa longue perche dans l'espoir que Tashtego s'y agripperait.

A ce moment-là, un cri éclata :

« Gare la caliorne! »

En effet, ce n'était pas le croc, c'était la caliorne tout entière qui cédait. Toute la grappe des poulies qui cassaient l'une après l'autre, avec un fracas de tonnerre, tomba dans la mer. La coque du navire brutalement soulagée roula sur l'autre bord avec tant de violence que l'on put voir au grand jour le cuivre brillant qui doublait la coque.

Daggoo, horrifié, restait suspendu à la force des poignets à son filin, regardant s'enfoncer dans la mer la tête qui servait de tombe à son camarade. Brusquement, il y eut un jaillissement d'eau et l'on vit Quequeg, à demi nu, disparaître à son tour dans la mer. Quequeg avait plongé au secours de Tashtego. Tous les yeux se rivèrent sur le moindre frémissement de l'eau, mais le temps passa sans que rien ne se produisît. Les mines s'allongeaient de plus en plus et, pour ma part, j'étais véritablement mort d'inquiétude. Quelques hommes mirent une baleinière à la mer et se tinrent prêts à toute éventualité.

«Eh! Ah!» s'écria tout à coup Daggoo du haut de son perchoir. Chacun regarda dans la direction qu'il indiquait, et que vîmes-nous? A quelque distance se dressait hors de la mer un bras tatoué, tout droit, aussi étrange qu'un bras qui se serait dressé au-dessus de l'herbe d'une prairie.

Bientôt après, Quequeg revenait à la surface, tirant par les cheveux l'Indien évanoui. Il était allé le chercher dans la tête du cachalot en pratiquant une ouverture à coups de tranchoir, tandis que tous coulaient en même temps!

Cette aventure paraîtra invraisemblable à beaucoup, je le sais. J'assure cependant que c'est, chez les baleiniers, un accident beaucoup moins rare que, sur terre, celui de tomber dans un puits, par exemple; ce qui n'est pas étonnant, vu que les puits ont des margelles, alors que le sol entourant le puits dans le cachalot n'est qu'une masse de graisse sans cesse en mouvement.

CHAPITRE XX

LE JAVELOT

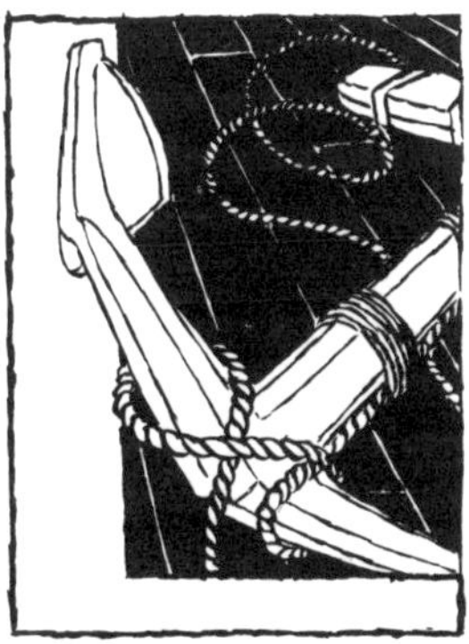

Ce jour-là, Quequeg entreprit de graisser sa baleinière. C'est une chose que les baleiniers font régulièrement, de temps à autre. La raison en est simple : l'huile, matière glissante qui ne se mélange pas à l'eau, permet au canot de filer beaucoup mieux sur la mer, comme les essieux d'une voiture tournent mieux quand ils sont graissés.

Ce matin-là, Quequeg mit plus de soin que jamais à l'onction de son canot. Il se faufila adroitement sous la quille pour enduire généreusement chaque morceau de bois, comme s'il pressentait les événements qui allaient suivre.

En effet, vers midi, on signala des baleines. Mais dès que le navire eut amené sur elles, elles se débandèrent et s'enfuirent.

Cependant, on mit à la mer et, poussées par un bon

vent, toutes les baleinières s'élancèrent, celle de Stubb en tête. Passons sur les détails de la chasse, qui fut longue et pénible. Après bien des efforts, toutefois, Tashtego réussit à piquer un fer, mais la baleine blessée continua à filer en droite ligne devant elle, sans songer à sonder. Cette course folle exerçait sur le harpon une traction qui devait le faire sortir tôt ou tard de la blessure. Il devenait donc urgent d'attaquer le monstre à la lance si on ne voulait pas le perdre.

Mais il était également évident qu'on ne pouvait se haler sur une ligne tendue à se rompre. Stubb inclina donc vers la seule solution qui restât : attaquer la baleine au javelot. Le javelot est une sorte de harpon, léger mais très long, atteignant près de quatre mètres. Plus long aussi que la lance, le javelot doit sa légèreté à la minceur de son fer et à son fût en bois de pin. Une ligne fine le relie au lanceur. Son lancer est l'un des plus extraordinaires exercices à l'arme blanche que l'on puisse admirer, tant pour la précision remarquable qu'il nécessite que par les conditions dans lesquelles il est pratiqué. A l'avant de la baleinière, Stubb dégage le javelot de la fourche sur laquelle il repose en même temps que les harpons. Il l'assure longuement dans sa main, visant lentement le cachalot qui fuit à quarante mètres de lui. Puis, sans cesser de tirer des bouffées de sa petite pipe noirâtre, il élève lentement et sans à-coup la pointe aiguë à la verticale. Tenant le javelot tout droit en équilibre sur sa main étendue, d'un ample mouvement du bras, il lui imprime une formidable poussée de bas en haut. Le javelot s'envole, entraînant la ligne avec lui. Avec une courbe gracieuse, il va retomber verticalement sur le cachalot. Sans cesser de plaisanter, Stubb ramène la ligne et le fer aigu, puis recommence cet exercice d'adresse jusqu'à ce qu'enfin le souffle blanc du léviathan s'obscurcisse et qu'il se mette à souffler le sang.

« Ah ! dit Stubb tout joyeux, le javelot lui a ouvert la bonde, à ce grand tonneau. Et en plus c'est notre fête nationale, aujourd'hui, l'immortel 4 juillet ! Hélas, si ce tonneau était plein de whisky ! Quelle fête ! »

Bientôt, nous passâmes la longue péninsule de Malacca qui s'étire au sud-ouest de la Birmanie, et nous arrivâmes devant Sumatra. Nous longeâmes cette grande île pour passer entre elle et sa sœur Java, par ce qu'on appelle le détroit de la Sonde. Ces îles célèbres par leurs richesses ne sont point défendues aux détroits par des forteresses comme Gibraltar, le Bosphore ou le détroit de Danemark. Mais, si le passage est libre, les bateaux sont quand même soumis à des droits. Ce sont des pirates malais qui les imposent à titre privé, attendant sur leurs praos rapides les voyageurs obligés de passer ces détroits. On ne compte plus les navires qui ont été impitoyablement attaqués et pillés. Il est vrai que les sévères leçons que leur ont infligées les croisières européennes ont beaucoup diminué l'ardeur de ces pirates.

Mais ces détroits sont aussi un des lieux de passage des grandes armées de cachalots qui émigrent. En effet, jadis, avant qu'ils ne fussent chassés à outrance, les grands cétacés naviguaient par gammes de sept à huit individus. Depuis, ils semblent préférer se réunir en véritables armées. Il n'est pas rare ainsi de courir des mers désertes pendant des mois et de tomber tout à coup sur des milliers de cachalots serrés les uns contre les autres.

Ce fut précisément une de ces armées flottantes que nous rencontrâmes au passage du détroit de la Sonde. Ils étaient des centaines devant le *Péquod.* La mer était couverte au loin de leurs souffles, comme un champ de palmiers blancs. Cette immense quantité d'animaux s'avançait rapidement devant nous en un vaste croissant. Les hommes dans la mâture, les harponneurs, déjà debout à l'avant de leur baleinière, frémissaient devant cette magnifique quantité de gibier et ces centaines de fumées blanches estompées de brouillard dont chacune était un cachalot. Car on sait que la baleine a un souffle double, qui retombe comme une sorte de fontaine ; mais le cachalot a un souffle unique, incliné vers l'avant et qui forme des panaches et des boucles de vapeur blanche.

Le *Péquod* hissa toutes ses voiles et poursuivit cette armada. Sous peu, à coup sûr, et si le vent ne faiblissait pas, nous aurions franchi le détroit et les cachalots ne desserreraient un peu leurs rangs dans les mers de l'Est que pour nous permettre une chasse fructueuse. Chacun se réjouissait lorsque la voix de Tashtego tomba soudain de la hune et attira notre attention également vers l'arrière. Car un autre croissant suivait le premier, et nous étions entre les deux. La seule différence était que le second croissant, celui qui était derrière nous, était à notre poursuite : les souffles blancs qui se balançaient dans notre sillage étaient les voiles des praos malais qui nous prenaient en chasse.

Achab fit un rapide demi-tour dans son trou de tarière en criant : «Hissez les bailles dans la mâture ! Mouillez les voiles ! Les Malais sont à nos trousses ! »

Mais la poursuite des pirates s'avéra rapidement vaine.

Ils avaient tellement attendu que nous fussions bien engagés dans le détroit sans espoir de retour qu'ils avaient trop tardé : ils ne pouvaient plus nous rejoindre. En fait, les hommes de l'équipage, dans leur grande majorité, ne se soucièrent même pas des pirates et, les laissant à leur sort, ne regardèrent que les cachalots. A peine étions-nous réellement sortis des détroits, et les pirates hors de vue, qu'on songea plutôt à déplorer

l'avance prise par les cétacés qu'à se réjouir de la victoire remportée sur les Malais. Mais bientôt la troupe qui fuyait devant nous fut prise d'un singulier malaise, que les marins expliquent généralement par la peur -ce qui n'est pas prouvé. L'immense armée s'arrêta de fuir pour se mettre à tourner en rond dans le plus grand désordre. Cette attitude semble d'ailleurs commune à nombre d'êtres vivants réunis en troupeaux, que ce soient les cachalots ou les moutons. Voyez même les hommes rassemblés dans un théâtre où se déclare un incendie : tout le monde tourne en rond et s'écrase.

Comme c'est l'habitude en cette circonstance, qui n'est pas si rare, les trois baleinières se séparèrent et marchèrent chacune sur un groupe isolé à la périphérie du troupeau.

Une minute plus tard, Quequeg harponna magnifiquement un grand mâle dont le bond de douleur nous aspergea d'écume. La bête harponnée se mit alors à filer à toute vitesse vers le centre du troupeau, nous entraînant à sa suite comme l'éclair. La situation était fort dangereuse. Evidemment, le monstre fuyait droit devant lui, sans souci de ses congénères, et nous, dans la baleinière, nous fûmes bientôt environnés de ces léviathans qui nageaient en tous sens avec affolement. On pouvait craindre à chaque instant d'être écrasé entre deux montagnes de viande.

Quequeg, à l'aviron de queue, gouvernait avec sang-froid, évitant tantôt l'un, tantôt l'autre des cachalots, s'écartant d'une queue colossale suspendue au-dessus de nos têtes, contournant un front gigantesque qui arrivait sur nous. A l'avant, Starbuck, la lance à la main, piquait et rebutait tous les cétacés qui s'approchaient de trop près. Quant aux hommes des avirons, ils s'occupaient plutôt de l'accompagnement vocal de l'aventure, l'un hurlant : « Ote-toi de là, capitaine ! » l'autre : « A bas la queue, toi ! »

En même temps, on lançait des « dragues » ; ce sont des sortes de flotteurs en croix dont sont pourvues presque toutes les baleinières, et qui sont reliés par une ligne assez courte à un harpon qu'on y attache en un instant. La résistance du flotteur fatigue énormément dans sa fuite la bête harponnée, en sorte que l'on peut compter ensuite la retrouver et la tuer à loisir. Nous avions trois de ces dragues à bord de notre canot, et toutes trois furent lancées avec succès par Quequeg. Le seul malheur fut que la troisième drague s'engagea sous un banc de nage qui fut arraché à l'instant même avec l'homme qui était assis dessus. Le malheureux n'eut d'autre ressource que de s'accroupir dans le fond de la baleinière. Les bordages disjoints laissèrent aussitôt embarquer de l'eau, mais nous palliâmes cet inconvénient en une seconde au moyen de quelques chemises et pantalons bourrés dans les voies d'eau. Là-dessus, le harpon qui nous reliait au cachalot, notre première victime, se décrocha, et nous pénétrâmes à vitesse réduite sur notre lancée dans le cercle intérieur.

Là, c'était le calme plat. La mer semblait d'huile, apaisée par l'espèce de légère buée grasse que le cachalot exsude dans ses moments les plus tranquilles.

Autant les cercles extérieurs de la troupe étaient affolés et convulsifs, autant les femelles et les petits qui étaient regroupés à l'intérieur paraissaient paisibles et même rieurs, si un tel adjectif peut s'appliquer à des cachalots. Toujours est-il qu'ils manifestaient à notre égard la plus grande curiosité, et même la confiance la plus téméraire. Ils s'approchaient de notre embarcation en folâtrant et venant littéralement nous flairer. Quequeg caressait, rien qu'en tendant le bras, le front des petits ; Starbuck grattait affectueusement la bosse des mères de la pointe de sa lance, en prenant garde de ne pas les blesser. Car, si amicales que soient ces démonstrations, un simple mouvement brusque d'une bête de cent tonnes peut causer pas mal de dégâts dans une baleinière et son équipage.

Cependant, cette situation extraordinaire ne dura pas, car un grand cachalot avait été blessé à l'extérieur du cercle par l'une de nos baleinières et il était arrivé un accident étrange. Lorsque, en effet, on se trouve relié à une bête d'une force inaccoutumée ou très vive, on a l'habitude d'essayer d'abréger la lutte en lui tailladant les muscles de la queue, à peu près comme on couperait les jarrets d'un cheval. C'est évidemment une manœuvre extrêmement dangereuse qui nécessite un louchet à manche court. Or ce cachalot ainsi attaqué avait fait sous la douleur un bond tel qu'il s'était enfui, emportant à la fois le harpon et le louchet. Dans ses mouvements désordonnés, il avait entremêlé les deux lignes, et le louchet sorti de la blessure volait dans toutes les directions, blessant au passage les congénères du blessé. Il s'ensuivit la plus formidable confusion ; devant cette nouvelle cause de terreur, toute la troupe des cachalots, obéissant à on ne sait quel instinct ou quel ordre, se rapprocha soudain en se bousculant. Les cercles se défirent, les femelles et les jeunes apeurés se serrèrent les uns contre les autres et les colonnes massives se reformèrent en un instant sous nos yeux.

« Levez rames ! Levez rames ! chuchotait Starbuck. Attention, garçons, aux avirons ! Quequeg, mon fils, pique celui-là ! Au museau ! Au museau ! Allez les hommes, foncez, maintenant ! Oui, là, très bien ! »

Tout cela en chuchotant. Comment sortîmes-nous de cet épouvantable encombrement de baleines ? Nul ne put le dire. Il y eut sans doute en parties égales beaucoup d'adresse de Starbuck, beaucoup de sang-froid de Quequeg et pas mal de chance pour la baleinière. En tout cas, nous nous trouvâmes brusquement en eau libre, avec à peine quelques troupes de cachalots par-ci par-là qui fonçaient pour regagner les colonnes en marche. Notre seule perte fut celle du chapeau de Quequeg qu'une gigantesque queue balança à la mer en lui effleurant le crâne.

Il était inutile de poursuivre les cétacés, mais les baleinières s'attardèrent dans leur sillage pour repérer ceux qui pouvaient rester à la traîne en raison des dragues. En vain : les dragues furent toutes perdues. Il y avait cependant un grand cachalot que Flask avait tué et qu'il fallait amarrer. En somme, le résultat de cette extraordinaire journée fut l'illustration du dicton : « Plus il y a de baleines, moins on en prend. »

CHAPITRE XXI

LES FOURNEAUX

Quelques jours après, les vigies signalèrent d'autres souffles et l'on mit de nouveau à la mer. C'est à cette occasion qu'il arriva un accident que je rapporte parce que je devais en être également victime quelque temps plus tard.

On sait que tout l'équipage d'un baleinier ne prend pas part à la chasse. Certains, appelés « gardiens », restent toujours à bord du navire. Ces hommes sont évidemment tout aussi rudes que les équipages des baleinières. Mais, s'il se trouve un homme plus petit ou moins costaud que les autres, on en fera à coup sûr un gardien. Or il y avait parmi les gardiens un jeune gars nègre appelé Pip, que tout le monde appréciait beaucoup en raison de sa façon inimitable de jouer du tambourin lorsque les hommes dansaient la gigue sur le gaillard pour se délasser. Cependant, l'un des hommes de la baleinière de Starbuck s'étant foulé le poignet, il fut quelque temps inapte au service de l'aviron et Pip fut appelé à le remplacer.

La première sortie fut pour Pip une terrible épreuve. Il n'était pas fait pour attaquer la baleine. Il s'en tira cependant sans trop de déshonneur et Starbuck lui conseilla de s'armer de courage pour les sorties suivantes.

La seconde fois, la baleinière avança à la pagaie jusqu'au cachalot. Puis, le harpon lancé, la bête donna son habituelle formidable secousse. Malheureusement, le coup de queue porta juste sous le banc de nage de Pip et l'infortuné sursauta à tel point qu'il passa par-dessus bord en s'empêtrant en même temps dans la ligne. Ce fut exactement le moment que choisit le cachalot pour s'élancer droit devant lui, en sorte que le pauvre Pip se trouva élevé de l'eau par la ligne entourée autour de sa poitrine, et à demi étouffé par la tension. Tashetego, qui n'aimait guère le petit Pip parce qu'il le jugeait poltron, tira le couteau de chaloupe ; se tournant vers Starbuck, il lui demanda s'il fallait trancher la ligne. Le visage bleui du pauvre Noir suppliait de couper au plus vite, et c'est effectivement l'ordre que donna Starbuck. En même temps, il accablait Pip de malédictions pour s'être si mal débrouillé et avoir par sa faute fait échapper le cachalot. Tout l'équipage se joignit aux vociférations de Starbuck et le second l'avertit de ne jamais plus sauter du canot : « Si vous sautez, Pip, je ne vous repêcherai pas ! Tenez-vous-le pour dit ! »

Hélas, nous ne sommes pas toujours maîtres de nos mouvements, et Pip sauta de nouveau. Mais cette fois, il ne se prit pas dans la ligne, quoique les circonstances fussent à peu près semblables, et la baleinière continua à filer, le laissant tout seul au milieu de la mer. Stubb ne se retourna même pas, fidèle à sa promesse. Sans doute pensait-il que l'une ou l'autre des deux baleinières qui le suivaient recueillerait le pauvre diable. Mais les circonstances voulurent que les hommes ne le virent pas et le dépassèrent sans s'occuper de lui. On imagine l'effroyable terreur du pauvre Pip, nageant seul au milieu de l'océan Pacifique !

De plus forts que lui n'y auraient pas résisté : quand, un moment plus tard, le *Péquod* le repêcha, Pip était sain et sauf, mais il avait perdu la raison. Pauvre gars de l'Alabama ! Cependant, que l'on ne juge pas trop sévèrement Stubb ; ces choses-là sont monnaie courante et, comme je l'ai dit, je devais moi aussi faire la même expérience.

Enfin, lorsque Stubb eut tué cette malheureuse baleine qui avait coûté la raison à un homme, on l'amarra à bord et on la dépeça de la manière habituelle. Comme notre parc-au-gras commençait à être bien rempli, on s'occupa de fondre le lard. Pour commencer, je fus chargé avec d'autres du traitement du spermaceti. Le blanc de baleine s'était refroidi et cristallisé ; semblable à un lait crémeux lorsqu'on l'avait extrait de la boîte crânienne, il était maintenant figé en mottes blanches et douces, roulant au hasard dans la partie restée liquide. Notre travail consistait à pétrir ces mottes pour leur rendre leur fluidité. Quelle merveilleuse chose ! Quelle douceur ! A peine y avais-je mis les mains que j'eus l'impression d'avoir des anguilles au bout des bras. L'opulence de ces mottes tendres roulait et fondait sous mes doigts comme des grappes foulées par les vendangeurs. Un parfum léger de violette s'en échappait et imprégnait l'air.

J'aurais voulu presser toute ma vie cette extraordinaire matière !

Pendant ce temps, dans le parc-au-gras, le travail était beaucoup moins plaisant. Dans cet espace obscur vaguement éclairé par un falot, les grandes bandes de lard sont d'abord coupées en blocs épais semblables à du marbre. Un homme armé d'un croc s'efforce de tenir ferme le morceau de lard, en dépit des coups de roulis et de tangage du navire. Un autre, monté sur le lard, le débite avec une pelle tranchante. Cet instrument est aussi affûté que possible ; comme l'homme est pieds nus, comme le lard glisse, il arrive fréquemment des accidents. Les orteils sont rares chez les vétérans du parc-au-gras.

Sur le pont, en revanche, ce sont les fourneaux qui travaillent. Les fourneaux donnent à un baleinier américain une silhouette tout à fait particulière et reconnaissable : ils sont en effet construits -en brique et mortier- sur le pont, entre le grand mât et le mât de misaine. De solides poutres les soutiennent et ce sont les poutres qui reposent sur le pont, protégé de la chaleur par une sorte de bassin carré rempli d'eau. Au-dessus du foyer se trouvent deux immenses chaudières toujours parfaitement entretenues.

Ce soir-là, il était près de neuf heures lorsque le vieux coq alluma les fourneaux pour la première fois de cette campagne. Au début, on l'allume avec du bois, puis on brûle dans le foyer des résidus de la fonte du lard, résidus qui contiennent encore suffisamment d'huile pour que le malheureux cétacé fournisse lui-même le combustible destiné à le faire fondre ! Le seul inconvénient, c'est l'abominable odeur que répandent ces résidus en brûlant. Autrement, ils ressemblent à des rillons, extrêmement dorés, croustillants et, je dois dire, fort bons à manger. Quant au lard, quand les gens du parc-au-gras l'ont débité en blocs, on hisse ces blocs sur le pont et on les tranche en feuilles aussi minces que possible avant de les mettre à fondre dans les grandes chaudières. Imaginez ce spectacle de nuit, un baleinier voguant sur l'eau sombre, avec ces fumées qui se répandent au loin, ces feux allumés sur le pont, ces chaudières d'huile bouillante et toutes ces silhouettes noires et gesticulantes qui passent et repassent devant la lueur !

Quand le lard a fondu et s'est transformé en huile, on verse cette huile encore chaude dans de grands tonneaux, fort dangereux d'ailleurs : en effet, ils roulent sur le pont dans la graisse au risque, s'ils sont mal amarrés, d'écraser les hommes ; puis, on descend ces futailles et on les arrime dans la cale. Tout ce travail est assez long.

Mais, deux jours plus tard, cet abominable endroit qu'était le pont du navire, à demi-abattoir, à demi-échaudoir, et véritable sabbat, le pont, dis-je, est à nouveau impeccable, nettoyé et gratté à neuf. Les planches sont même plus propres qu'avant car, à l'état brut, l'huile de baleine possède de fortes propriétés détergentes. Et puis, il n'y a plus qu'à recommencer.

CHAPITRE XXII

BRAS ET JAMBES

Quelques jours plus tard, le *Péquod* rencontra le *Samuel Enderby*, de Londres.

Une fois de plus, le capitaine Achab héla le navire étranger avec son habituelle bienvenue :

« Ho ! Du navire ! As-tu vu la baleine blanche ? »

Le capitaine était debout dans sa baleinière, en sorte que sa jambe d'ivoire se voyait à des centaines de mètres.

« Voyez-vous cela ? répondit le capitaine anglais d'un ton enjoué, la baleine blanche ? Ha ! ha ! »

Et, en s'esclaffant, il sortait des plis de la vareuse qui le dissimulaient un bras artificiel fait d'os blanc poli !

« Armez ma baleinière ! s'écria impétueusement Achab, je vais à bord de l'étranger ! »

En un instant, sans qu'il eût à quitter son canot, il voguait à force de rames vers le baleinier anglais. Cependant, arrivé bord sur bord avec le *Samuel Enderby*, il se heurta à une sérieuse difficulté : Achab avait oublié que, depuis la perte de sa jambe, il n'était jamais monté sur un autre navire que le sien. Sur le *Péquod,* il profitait des aménagements ingénieusement pratiqués par le charpentier. Et, si le fait de monter à bord d'un navire en pleine mer n'est véritablement facile pour personne, c'est réellement impossible pour un infirme comme Achab. Mais le capitaine du *Samuel Enderby* s'en aperçut aussitôt et comprit la raison de son hésitation : « Armez le palan de dépeçage, les gars ! Et vite ! » ordonna-t-il.

Il ne fallut que quelques secondes pour que le grand croc s'abaissât vers la mer. Achab, s'y plaçant à califourchon, fut hissé sur le pont du navire. La chance avait voulu qu'ayant amarré une baleine quelques jours auparavant le grand croc fût encore en place, mais déjà propre et sec. Bref, Achab fut monté sur le pont de l'étranger ni plus ni moins qu'un quartier de lard et déposé tranquillement sur le cabestan.

Le capitaine du *Samuel Enderby* s'avança à sa rencontre, son bras d'ivoire franchement tendu, tandis qu'Achab tendait sa jambe d'os; les deux capitaines entrechoquèrent à grand bruit leurs membres de marfil, et Achab s'écria :

« Oui ! Oui ! Entrecroisons nos os, comme de vieux espadons ! Un bras et une jambe ! Un bras qui ne plie pas et une jambe qui ne courra jamais ! Où as-tu rencontré la baleine blanche, camarade ? Et quand ?

– La-bas! répondit l'Anglais en pointant son bras d'os vers la Ligne, là-bas, la saison passée ! »

Achab se laissa glisser sur le pont en prenant appui sur l'épaule du capitaine.

« Racontez-moi cela, dit-il. Comment cela s'est-il passé ? » Le capitaine étranger ne se fit pas prier. L'année passée, en effet, lors de sa première croisière sur la Ligne, il avait attaqué toute une gamme de cachalots. Tout se passait le mieux du monde et l'on avait harponné un grand mâle qui se démenait tant qu'il pouvait. Soudain, du fond de la mer creva une énorme bulle bouillonnante et émergea un grand cachalot, d'une blancheur de lait, avec un front ridé.

« C'est lui ! cria Achab, c'est lui !

– Il portait des harpons fichés près de sa nageoire droite...

– C'étaient les miens ! C'était Moby Dick ! vous dis-je ! Continuez !

– Eh ! dit le capitaine anglais avec bonne humeur,

laissez-moi le faire ! bon, eh bien, cet arrière grand-père, avec sa bosse et sa tête blanche, se rua sur la ligne et la prit sauvagement entre ses mâchoires.

– Oui, oui, interrompit Achab, il voulait couper la ligne ! Encore un de ses vieux trucs !

– Je ne sais au juste quelles étaient ses intentions, continua le capitaine, mais je sais que la ligne se prit dans ses dents. Tandis qu'il se secouait pour s'en débarrasser, je l'attaquai à la lance. Mon second, M. Mountopp ici présent, peut en témoigner. Mais un instant plus tard, il y eut un tel remue-ménage d'eau et d'écume que je fus complètement aveuglé. La seule chose que je distinguais, c'était la gigantesque queue blanche dressée au-dessus de nous comme un clocher de marbre prêt à s'abattre ! Et elle s'abattit et notre baleinière vola en éclats ! Pour moi, j'essayais de placer le second harpon, mais dans les mouvements, les barbes du fer m'ont atteint à l'épaule et m'ont déchiré le bras jusqu'au coude, en sorte que, comme vous le voyez, il a fallu me le couper !

– Je vois ! dit sombrement le capitaine Achab. Et vous poursuivez maintenant le cachalot blanc pour vous venger vous aussi ?

– Poursuivre Moby Dick ? s'écria le capitaine. Ma foi non ! Un bras me suffit. Il m'en reste un autre, je n'ai pas envie de le perdre ! »

Achab sourit avec dédain et, un moment plus tard, il avait fait ses adieux au capitaine anglais qui ne s'attendait pas à une visite aussi courte. La baleinière regagna le *Péquod*.

La précipitation avec laquelle le capitaine avait quitté le *Samuel Enderby* avait causé un accident : il avait atterri si brutalement dans la baleinière que sa jambe d'ivoire s'était brisée à demi. Et lorsqu'il eut regagné son trou de tarière habituel, il s'y plaça avec tant de vivacité que l'os se rompit tout à fait et se fendit dans toute sa longueur. Il tenait encore mais le capitaine ne s'y fiait plus. Aussi appela-t-il le charpentier du bord et lui commanda-t-il une nouvelle jambe. Il lui ordonna de choisir avec soin dans l'ivoire amassé à bord depuis le début de la campagne ce qu'il y avait de plus solide et de plus fin comme grain. On donna en même temps l'ordre de monter la forge de la cale où elle était entreposée, afin de fabriquer l'espèce de harnais métallique qui faisait la jointure entre la jambe vivante et la jambe d'ivoire. Le forgeron du *Péquod* était un homme d'une extrême habileté, mais qui n'avait guère eu l'occasion d'exercer son art depuis notre départ. Quand il eut fini de forger les boucles de la jambe d'os, il se mit à réparer ou à reforger tout ce qui était nécessaire à bord et le défilé ne cessa que tard devant son enclume. Chacun avait à faire réparer quelque chose. Quand tous les objets de métal furent remis à neuf, les lances redressées, les couteaux affilés, les harpons rebattus et retrempés, les viroles et les rivets resserrés, il eut encore à arracher une dent à l'un, à limer des cabillots trop lourds, à décorer d'étoiles brillantes les avirons de la baleinière de Stubb, bref, à faire mille travaux, en homme universel qu'il était.

Cependant, le charpentier, à son établi, rabotait et ajustait avec ardeur le pilon de marfil destiné au capitaine et polissait avec soin la plaque d'os sur laquelle Achab avait l'habitude, tous les jours à midi, de calculer le point après avoir pris la méridienne.

Bientôt, le capitaine eut une jambe neuve qu'il inséra avec satisfaction dans son trou de tarière habituel.

CHAPITRE XXIII

ACHAB ET STARBUCK

Ce jour-là, on signala une fuite d'huile dans la cale lorsque, comme tous les jours, on mit les hommes aux pompes. Starbuck descendit à la cabine prévenir le capitaine et frappa à sa porte.

« Qui est là ? cria le capitaine en réponse. Au pont ! Fichez le camp !

– Capitaine, répondit l'officier, c'est moi, Starbuck. L'huile fuit dans la cale, monsieur, il faut frapper les petits palans et désarrimer !

– Hisser les petits palans ? dit Achab en surgissant. Maintenant que nous approchons du Japon ? Mettre en panne une semaine pour quelques vieux barils pourris ?

– C'est cela ou perdre en vingt-quatre heures plus d'huile que nous n'en attraperons en un an, monsieur !

– Laissez-la couler ! répondit brutalement le capitaine. Qu'importe l'huile qui fuit ? Achab a autre chose à faire ; c'est la vie d'Achab qui s'enfuit, que lui importe l'huile ?

– Excusez-moi, capitaine, s'entêta le second, ce peut être l'avis du capitaine Achab, mais qu'en diront les propriétaires ?

– Et que m'importent les propriétaires ? rugit Achab, laisse les propriétaires sur la plage de Nantucket ! Qui commande ce navire ? Les propriétaires ou moi ? Au pont, Starbuck ! Et à l'instant même !

– Capitaine ! dit le second en pénétrant d'un pas dans la cabine, permettez-moi d'insister. Ne pouvons-nous nous entendre mieux que cela, capitaine ?

– Au pont ! hurla Achab les yeux étincelants en arrachant du râtelier un fusil chargé (ce genre d'accessoire fait partie du mobilier habituel des baleiniers) et en le braquant sur le second. Au pont !

Starbuck se redressa :

« Tu m'outrages, capitaine, dit-il d'une voix basse, mais je ne me considère pas comme insulté, et ne te défie pas à l'avenir de Starbuck, capitaine, defie-toi plutôt d'Achab ! Défie-toi de toi-même, vieil homme ! »

Le capitaine le regarda remonter lentement les marches menant au pont.

« Il devient courageux, murmura le capitaine, mais il obéit quand même. Qu'Achab se défie d'Achab, a-t-il dit ? Peut-être a-t-il raison ? »

Un moment plus tard, le capitaine monta sur le pont et, l'air sombre, ordonna de frapper les palans et de décharger la cale.

On ne trouva rien, d'abord. les derniers barils étaient en parfait état. Il fallut décharger presque toute la cargaison, jusqu'au charniers à eau, aux barils de bœuf salé, aux provisions de pain, aux cercles de rechange ; on ne pouvait presque plus circuler sur le pont. Le navire, délesté dans le bas et surchargé dans le haut, roulait comme un sabot et résonnait sous les pas. Dieu merci, le temps était au calme, car si le moindre grain s'était levé dans ces parages propices aux typhons, c'en était fait de nous !

Ce fut à ce moment que Quequeg tomba malade. Il avait travaillé durement tout le jour dans la cale, rampant, à peine vêtu, dans la vase glacée et humide qui clapote toujours au fond des navires ; si bien qu'il prit un terrible refroidissement qui se changea bientôt en fièvre. Quelques jours plus tard, il délirait et se trouvait au seuil de la mort. Il était amaigri au point que les os de ses pommettes semblaient transpercer la peau tatouée de ses joues. Il me regardait avec amitié de ses yeux immensément agrandis, frissonnant dans son hamac, et je ne savais quoi faire pour lui. Tout le monde à bord le considérait comme perdu. Au matin, il m'appela et m'expliqua qu'à Nantucket il avait vu par hasard de petits canots d'un bois sombre, semblable au puissant bois de fer de son île natale. Ayant appris que les baleiniers mourant à Nantucket étaient ensevelis dans ces canots, l'idée lui avait beaucoup plu. Car cela ressemblait aux coutumes de son peuple, qui lance les guerriers morts sur la mer dans des pirogues qui suivent les courants, disait-il, jusqu'aux étoiles. Il ajouta que l'idée d'être dévoré, même mort, par les requins, le faisait frissonner, et qu'il s'en irait plus tranquille allongé dans une pirogue de bois noir.

A peine eussé-je transmis ce vœu du mourant que l'ordre fut donné au charpentier de confectionner ce cercueil-pirogue selon les souhaits du pauvre Quequeg. Il se trouvait à bord une vieille pièce de bois coupée lors d'un voyage précédent dans une des îles Laquédives ; on lui ordonna de fabriquer le cercueil dans ce bois sombre et dur.

Le charpentier, sans s'émouvoir, vint prendre les mesures de Quequeg et se mit au travail.

Lorsque le dernier clou fut enfoncé et que le couvercle s'ajusta parfaitement, le charpentier apporta la boîte à l'avant du navire, demandant si l'on était prêt à s'en servir. Les hommes essayèrent de le faire taire, mais Quequeg avait entendu et ordonna qu'on lui apporte son cercueil.

Penché sur son hamac, Quequeg considéra longuement la boîte. Puis il demanda que l'on y déposât le fer de son harpon et une bonne quantité de biscuits de mer, une bouteille d'eau douce, un petit sac de sciure mêlée de terre et de vase râclée dans la cale, et un morceau de toile à voile roulée comme oreiller. Il demanda alors à être placé dans le cercueil pour juger de son confort, ce que l'on fit. Il y resta immobile quelques instants, puis réclama son petit dieu Yoyo. Quand il l'eut, il voulut que l'on fermât le couvercle sur lui.

« Rarmaï ! murmura-t-il, cela ira. »

Il demanda alors à être remis dans son hamac.

Mais le lendemain matin, alors que Quequeg avait pris toutes ses dispositions et qu'il avait jugé son cercueil à son goût, il guérit brusquement. Vingt-quatre heures plus tard, il était sur pied. A ceux qui s'étonnèrent de cette subite guérison et s'en réjouissaient, il répondit qu'au dernier moment il s'était souvenu de quelque chose qu'il avait encore à faire sur la terre ferme. Il ne pouvait donc mourir pour le moment. On lui demanda s'il pensait que la mort dépendait de la volonté, et il répondit avec étonnement que naturellement il en était ainsi ; que la seule chose qui pouvait tuer un homme en dehors de sa volonté était un accident extérieur, comme une baleine, une tempête ou quelque chose de ce genre.

Bref, mon ami Quequeg reprit bientôt ses forces, et après quelques jours, il sauta sur ses pieds, emmancha son harpon et se déclara prêt au combat.

Quant à son cercueil, il l'utilisa désormais comme coffre et y entassa ses affaires.

CHAPITRE XXIV

LE PACIFIQUE

Cette fois, nous étions dans le Pacifique. Nous avions passé les îles Baschi.

Le capitaine Achab, insensible à la douceur du temps, arpentait le pont, faisant alterner les coups sourds de sa botte et les coups secs de son pilon neuf. Brusquement, il marcha vers le forgeron qui travaillait près des fourneaux à reforger un harpon abîmé.

Il le regarda faire longuement.

« Tu travailles bien, forgeron ! finit-il par dire. Mais laisse ce harpon, j'ai du travail pour toi ! »

En disant cela, il agitait devant le forgeron étonné un sac de peau qui cliquetait comme s'il eût contenu des pièces d'or.

« Moi aussi, je veux un harpon, forgeron, un harpon plus solide que tous ceux que nous avons, un harpon qui se plantera dans le cachalot si profondément qu'il sera plus difficile de l'en arracher que sa propre nageoire ! Et voici de quoi faire, ce harpon ! »

Renversant le sac, il en sortit une grande quantité de clous à tête carrée.

« Des clous à ferrer les chevaux, monsieur ? dit le vieil artisan. Vous avez raison, capitaine, c'est là ce que nous, forgerons, pouvons travailler de plus solide et de meilleur.

– Je sais, dit Achab. Tu vas me forger avec cela tout d'abord douze tiges d'acier, que tu tordras et que tu martèleras ensemble pour les souder comme les torons d'un câble. Ils seront pour la hampe. Vite, travaille, c'est moi qui soufflerai ton feu. »

Le vieil homme se mit à l'ouvrage sans mot dire, faisant rougir les clous au feu de forge et les martelant jusqu'à les souder et les étirer. Il obtint douze tiges d'acier qu'il tordit ensemble. Mais Achab voulut terminer lui-même le travail.

La tige de la hampe fut enfin terminée et le vieux Perth la plongea rouge et sifflante dans le baquet d'eau froide pour la tremper.

« Ce harpon est pour la baleine blanche, n'est-ce pas, capitaine ? » dit tout à coup le forgeron en relevant la tête.

Achab fit un signe d'assentiment.

« Et de quoi ferons-nous les barbes du harpon ?

– Les barbes, garçon, c'est toi qui vas les faire, et tu les feras avec ceci ! »

Et il tira de sa poche une boîte de bois.

« Voici mes rasoirs ! Ils sont du meilleur acier qui existe ! Prends, et forge-moi des barbes aussi tranchantes que mes rasoirs ! »

Le vieux forgeron contempla les lames d'acier brillant d'un air rêveur.

« Travaille, je ne me raserai plus, désormais, et je ne dînerai plus, et je ne prierai plus Dieu jusqu'à ce que... Allons ! Au travail ! »

L'homme chauffa les rasoirs, les martela, les fixa en forme de flèche aiguë soudée au fer de la hampe. Il allait les tremper une dernière fois dans le baquet d'eau lorsque Achab l'arrêta d'un geste avec un sombre sourire : « Pas de cela, forgeron, pas d'eau pour la trempe ! Je veux que ce harpon reçoive vraiment une trempe mortelle ! Eh ! vous, Quequeg, Tashtego, Daggoo ! Me donnerez-vous un peu de votre sang pour tremper ce harpon ? » s'écria-t-il en brandissant l'arme fumante. Les trois sauvages se rapprochèrent en approuvant sombrement. On fit trois entailles dans ces veines païennes, et le sang gicla sur le fer brûlant. Le harpon fut alors trempé, le harpon pour le cachalot blanc.

Le lendemain, on tua quatre baleines, très loin les unes des autres, et il fallut les remorquer à l'aviron. La baleinière d'Achab resta toute la nuit flanc à flanc avec sa victime, attendant l'aube. Tous semblaient dormir, excepté Fedallah : assis à l'avant, il regardait fixement le capitaine Achab. Celui-ci ouvrit brusquement les yeux et vit ce regard fixe posé sur lui.

« J'ai encore fait le même rêve ! lui dit Achab.

– Le corbillard ? répondit l'autre, je t'ai déjà dit, capitaine, qu'Achab n'aura ni corbillard ni cercueil. Et pourtant, je te le dis, pour que tu puisses mourir, il te faudra voir deux corbillards sur la mer, l'un qui ne sera pas fait de main humaine et l'autre qui viendra entièrement des forêts d'Amérique ! Mais moi, je partirai avant toi.

– Tu m'as déjà dit cela, Fedallah, dit le capitaine en détournant la tête, mais qui pourrait te croire ? Qui verra jamais un corbillard sur la mer ? »

Le parsi eut un geste fataliste :

« Crois-le ou non, capitaine, mais lorsque viendra le second corbillard, je serai devant toi une nouvelle fois et une nouvelle fois je serai ton pilote.

– Moby Dick me tuera ?

– Tu ne mourras que par la corde, capitaine, ce qui est écrit est écrit !

– Alors, si je suis pendu, s'écria Achab avec un ricanement, je tuerai Moby Dick et je survivrai ! »

Le parsi ne répondit pas et Achab se tut.

A l'aube, les hommes reprirent les avirons, et à midi le cachalot était amarré contre le *Péquod*.

CHAPITRE XXV

LE FEU SAINT-ELME

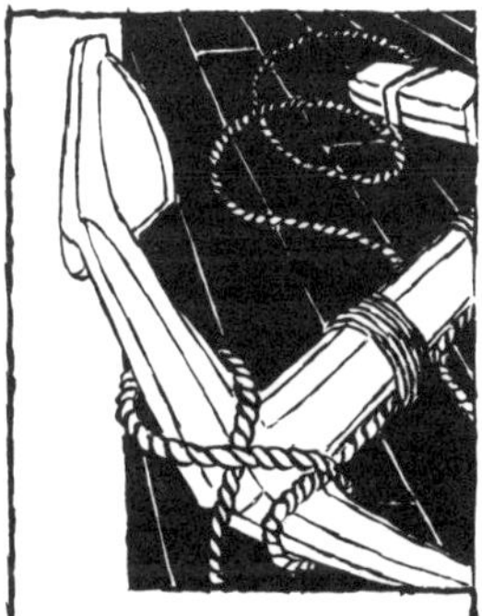

a saison où il fallait regagner la Ligne approchait et chacun s'attendait à tout instant à l'ordre de mettre le cap sur l'équateur. Les hommes de l'équipage regardaient de plus en plus souvent le doublon d'or cloué au grand mât et dont rien n'altérait le brillant.

Cet ordre vint enfin. Joyeux, les matelots se hâtèrent aux manœuvres avec des chants.

Mais, si les mers du Japon sont parmi les plus belles du monde, ce sont aussi celles où l'on rencontre le plus de typhons et de tempêtes tournoyantes. Les jours suivants, le temps s'assombrit de plus en plus.

Vers le soir, le vent avait tellement forci que les basses voiles furent arrachées et que le *Péquod* courut devant la tempête à sec de toile.

A la nuit, la mer et le ciel ne semblaient plus faire qu'une seule masse d'eau et de vent. De temps à autre, les lueurs livides de la foudre l'éclairaient, montrant un instant les hauts mâts gémissants et balancés. Des lambeaux de voile claquaient et se tordaient.

Sur le gaillard d'arrière, Starbuck, agrippé à un hauban, cherchait avec inquiétude les nouveaux dégâts que chaque bourrasque pouvait avoir faits dans la mâture. Flask et Stubb dirigeaient les hommes qui amarraient les baleinières plus haut et plus serré. Mais, bien que hissé à bloc, le canot d'Achab reçut un énorme coup de mer qui défonça le fond et le laissa crevée et dégouttant d'eau.

« Mauvaise chose, monsieur Starbuck ! disait Stubb, vilain travail ! »

– Oui, dit Starbuck, le front plissé d'une ride de souci, oui, mauvaise chose. Avez-vous remarqué, monsieur Stubb, que le typhon vient de l'est? L'est, c'est la direction que doit prendre Achab pour rencontrer Moby Dick. Et la première chose qui nous arrive de l'est, c'est cette lame qui est venue du bout du monde défoncer la baleinière du vieil homme! Regardez où elle a été défoncée! A l'arrière, à la place d'Achab ! Tout cela fait bien des présages !

– Que voulez-vous dire ? demanda Stubb, étonné.

– Oui, oui, continua Starbuck, ce typhon nous repousse, il s'oppose à notre marche, mais il peut aussi nous ramener chez nous avant qu'il soit trop tard... »

Il se tut soudain ; à la lueur d'un éclair, il venait de voir le capitaine Achab debout près de lui, sa jambe d'ivoire enfoncée dans son trou de tarière.

« Regardez là-haut ! cria brusquement Starbuck en

montrant les mâts, regardez ! Le feu Saint-Elme ! Le feu Saint-Elme ! »

Sur toutes les extrémités des vergues, sur chaque pointe de paratonnerre des mâts, une flamme livide s'était posée et dansait sur elle-même.

Les hommes, tassés sur le gaillard d'avant, contemplaient sans rien dire le feu Saint-Elme. Ce phénomène magnétique ne passe pas toujours pour un mauvais présage, mais sa présence est toujours liée aux plus terribles orages que l'on puisse imaginer et une vague crainte superstitieuse l'entoure. Contre cette lumière livide, on voyait se découper la haute silhouette du géant Daggoo, qui paraissait trois fois plus grand et semblait une statue colossale qui eût porté la foudre. Les lèvres entrouvertes de Tashtego laissaient entrevoir ses dents aiguës, brillantes comme celles d'un requin. Les tatouages de Quequeg semblaient se fondre dans la nuit, ne laissant apparaître qu'un visage découpé et comme percé de cavernes sinistres.

Les hautes flammes effilées grandissaient encore et la terreur commençait à s'emparer des hommes lorsque Achab s'écria :

« Bon présage ! Garçons ! Le feu Saint-Elme lui-même nous indique la route à suivre !

– La baleinière ! Regardez la baleinière ! » cria Starbuck.

Le harpon forgé avec les rasoirs, solidement fixé à la fourche du canot, était resté en place malgré le paquet de mer qui avait emporté le bordé. Le fourreau, lui, était parti à la mer, et sur les deux longues barbes aiguës dansaient les flammes pâles, l'entourant d'un nimbe de lumière bleuâtre en forme de flèche fantôme.

Starbuck saisit le bras d'Achab et siffla : « Ne vois-tu pas que Dieu est contre toi, capitaine ? Renonce à ce projet insensé ! C'est un mauvais voyage, mal commencé et mal continué ! Revenons en arrière tant que nous le pouvons ! »

En entendant les paroles de Starbuck, l'équipage fut parcouru d'un frémissement et plusieurs manifestèrent leur appui au second. Ils semblaient prêts à se mutiner. Achab, saisissant alors le harpon qui flamboyait dans sa main, s'avança à leur rencontre, jurant qu'il transpercerait la poitrine du premier qui se rebellerait. Les hommes battirent en retraite tandis que le capitaine continuait d'une voix tonnante : « Nous sommes liés par le même serment, celui de chasser la baleine blanche. Où j'irai, vous irez ! Vous avez juré ! Regardez, pour que vous sachiez de quelle trempe est mon cœur, voyez tous, je souffle la crainte ! »

Et, d'un coup, il éteignit la flamme froide.

CHAPITRE XXVI

LA BOUÉE DE SAUVETAGE

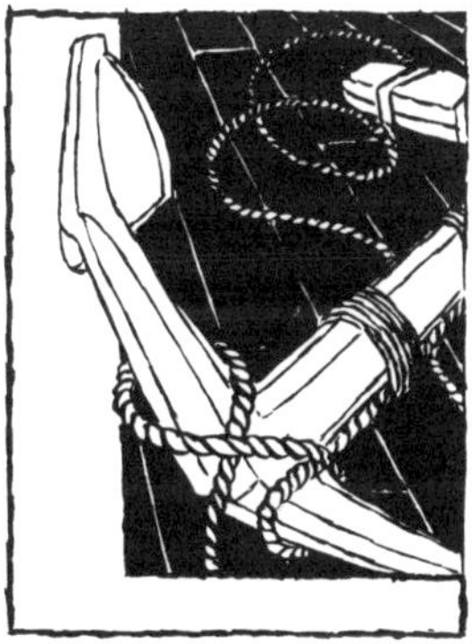

Le lendemain, le vent était un peu tombé, mais la mer roulait d'énormes lames et le gouvernail du *Péquod* gargouillait en levant sur l'eau à chaque coup de tangage.

Vaille que vaille, nous avancions vers le sud et l'équateur. Quelques jours plus tard, nous retrouvâmes les eaux calmes, avec les confins des parages de chasse de l'équateur.

Cette nuit-là, dans l'obscurité profonde qui précède la première aube, la bordée de Flask qui était de veille entendit quelque part un long cri sinistre qui s'éleva de la mer.

Beaucoup frissonnèrent à ce cri plaintif et presque surnaturel. Seuls les trois harponneurs restèrent impassibles. On s'interrogea longuement sur la provenance de ce cri lugubre venu de nulle part. Le vieux matelot manxois déclara que ce cri était celui d'un homme qui se noyait.

Achab dormait dans sa cabine à ce moment et n'apprit ce singulier événement qu'au matin, quand Flask le lui rapporta. Le capitaine eut alors un rire sourd dans sa barbe qui commençait à pousser, depuis qu'il n'avait plus ses rasoirs, et expliqua ce mystère : selon lui, des récifs, au large desquels on était passé au cours de la nuit, étaient peuplés de phoques ; quelque jeune avait dû perdre sa mère ou quelque mère égarer son petit : c'était l'un ou l'autre qui, en nageant près du navire, avait exprimé son angoisse par ce cri presque humain. Cette explication rembrunit l'équipage plutôt qu'elle ne le rassura. On sait la superstition dont les marins entourent les phoques, en raison principalement de l'aspect humain que présente leur tête lorsqu'ils nagent à fleur d'eau, ainsi que le ton humain de leurs cris de détresse. Aussi bien, beaucoup ne crurent pas à l'explication du capitaine.

Les pressentiments de l'équipage devaient d'ailleurs se réaliser le matin même, car nous perdîmes un homme. Mal réveillé sans doute, il sortait de son hamac pour prendre son tour de vigie ; arrivé en haut du mât de misaine, il glissa, poussa un cri et tomba à la mer. Les hommes du pont le virent fendre l'air comme une masse et s'enfoncer dans les vagues avec un bruit mat. Il y eut quelques bulles et ce fut tout.

On largua aussitôt la bouée de sauvetage qui, sur le *Péquod,* était un baril suspendu à l'arrière, mais aucune main ne reparut pour s'y accrocher. Comme il était suspendu là depuis le début du voyage, le bois séché s'était disjoint et le fût, se remplissant d'eau, coula rapidement. Ainsi, le premier homme monté dans la mâture pour guetter Moby Dick dans son véritable domaine fut-il à l'instant même englouti par la mer.

Cependant, il fallut remplacer la bouée de sauvetage et Starbuck reçut l'ordre de s'en occuper. Mais, comme on ne trouva pas de barrique assez légère pour convenir à cet usage, on était bien près de laisser le *Péquod* sans bouée de sauvetage. C'est alors que Quequeg, à grand renfort de signes, suggéra quelque chose au sujet de son cercueil :

« Un cercueil pour bouée ! protesta Starbuck assombri.

– Ce serait assez singulier, j'en conviens, dit Stubb.

– Mais non, dit Flask, le charpentier arrangera cela facilement, avec quelques clous et un peu de goudron et de cordage !

– Pourquoi pas, après tout ? dit Starbuck. Appelez le charpentier. »

Le charpentier hésita devant ce travail, puis se mit à l'ouvrage. Et le cercueil rendu étanche par quelques vis et une bonne couche de brai, muni de cordages pour s'accrocher, fut suspendu à l'arrière du *Péquod* en guise de bouée de sauvetage.

CHAPITRE XXVII

LA RACHEL ET LA JOIE

e lendemain, à l'aurore, on signala un grand navire qui venait droit à la rencontre du *Péquod*. On vit bientôt que ce navire portait des grappes d'hommes dans les vergues et les haubans. La moitié de l'équipage semblait juché dans la mâture.

Le *Péquod* marchait à bonne allure mais, lorsque nous approchâmes de l'étranger, le vent tomba brusquement et les voiles pendirent, flasques et inutiles, le long des mâts.

« Mauvais signe, dit le vieux Manxois en secouant la tête, l'étranger apporte de mauvaises nouvelles, certainement. »

Avant que la capitaine du navire ait eu le temps de nous héler, la voix forte et pleine d'espoir d'Achab retentit dans le porte-voix de cuivre :

« As-tu vu la baleine blanche ?

– Je l'ai vue hier ! répondit l'autre. Et toi, as-tu vu une baleine à la dérive ? »

Achab refréna la joie que lui causait la réponse à sa demande pour répondre négativement à la question étonnante de l'autre. Achab se disposait à faire mettre à la mer pour aller à bord du navire lorsque le capitaine adverse fit lui-même affaler son canot et vint à notre bord.

C'était un homme de Nantucket qu'Achab reconnut aussitôt.

« Où était-elle ? s'écria-t-il en s'avançant à sa rencontre. Elle n'est pas tuée, hein, elle n'est pas tuée ? »

Le capitaine de la *Rachel*, un nommé Grandiner, nous apprit alors comment la veille, alors que l'après-midi était déjà avancé, trois embarcations du baleinier poursuivirent une gamme de cachalots qui les avaient emmenées à près de quatre ou cinq milles du navire. Tandis qu'ils luttaient avec les bêtes, avaient soudain surgi de la mer la bosse blanche et la tête ridée du grand Moby Dick, émergeant un peu sous le vent. On avait alors immédiatement mis la baleinière de rechange à la mer où elle avait filé à la voile pour attaquer le monstre. L'homme de vigie affirmait que le canot avait réussi à planter un fer et que le cachalot blessé avait pris chasse, entraînant la baleinière, et puis... Et puis plus rien, sauf une gerbe d'écume au loin. Canot et cachalot avaient disparu au-delà de l'horizon. Cela arrive souvent. Sans s'inquiéter outre mesure, on hissa les signaux de rappel dans la mâture. Cependant, avec la nuit qui tombait, la *Rachel* dut se préoccuper de ses trois autres canots et s'éloigner momentanément de la quatrième baleinière. A minuit, les trois chaloupes étant rentrées, on chercha la dernière avec un début d'anxiété. On alluma les fourneaux à huile en guise de signaux et les hommes guettèrent dans les haubans.

Mais, malgré toutes les recherches, la quatrième baleinière n'avait pu être retrouvée.

Le capitaine Grandiner révéla alors son but en venant sur le *Péquod*. Il espérait qu'Achab consentirait à se joindre à lui pour poursuivre les recherches de conserve, de façon à ce que rien ne pût échapper à la vue sur un horizon en quelque sorte doublé.

Achab secoua la tête.

« Bizarre, chuchota Stubb à l'oreille de Flask, je parierais que l'un des hommes de la baleinière avait avec lui la montre en or du commandant ! Il a l'air bien anxieux de la retrouver ! Pourtant, il est trop pâle pour une montre ; il y a autre chose là-dessous...

– Parce que, continuait le capitaine Grandiner en avalant péniblement sa salive, il faut vous dire que mon fils, mon propre fils, est dans la baleinière. Je vous en conjure, Achab, pour l'amour de Dieu !

– Seigneur ! dit Stubb, je retire ce que je disais sur sa montre ! Son fils ! Il faut sauver ce garçon !

– C'est inutile, dit le vieux Manxois derrière Stubb, il s'est noyé avec les autres. Cette nuit nous avons tous entendu leurs âmes... »

Ce qui rendait encore plus affreuse l'anxiété du père, c'est que son autre fils s'était trouvé au même moment sur une autre des baleinières en difficulté et qu'il n'avait su vers lequel courir en premier. Mais, naturellement, la règle qui veut que l'on porte d'abord secours au plus grand nombre avait été suivie. Le capitaine, pour fléchir Achab qui s'enfermait dans le mutisme, souligna que le garçon perdu n'avait que douze ans. Lui, son père, avait

voulu l'initier de bonne heure aux dangers pour l'endurcir et c'était absolument sa faute si l'enfant était perdu.

Achab restait aussi froid qu'une enclume.

« Je ne partirai pas sans que vous m'ayez dit oui, Achab, suppliait le père avec des accents poignants. Faites pour moi ce que vous voudriez que je fisse pour vous dans un cas pareil ; pensez à votre enfant, votre petit enfant qui vous attend à Nantucket ! Pensez... Mais vous cédez, n'est-ce pas ? Oui, oui, je le vois ! Aux manœuvres, les hommes, aux manœuvres !

— Halte ! cria brusquement Achab en reculant d'un pas. Que personne ne touche à rien ! Capitaine Grandiner, je ne vous aiderai pas. J'ai moi aussi un devoir à accomplir, et en cet instant même je perds mon temps avec vous. Dieu vous bénisse, Grandiner. Adieu. Monsieur Starbuck, veillez à ce que, d'ici à trois minutes, les étrangers à ce navire soient avertis d'avoir à quitter le bord. Ensuite, même cap qu'auparavant. »

Et, se détournant, Achab se dirigea vers sa cabine en martelant le pont de son pilon d'ivoire.

Le capitaine étranger resta la bouche ouverte et les larmes aux yeux, pétrifié devant ce refus. Puis il se hâta vers le bord. Il se laissa tomber dans le canot et regagna son triste navire.

Longtemps encore, nous vîmes la *Rachel* qui louvoyait de-ci, de-là, amenant sur chaque point suspect avec ses trois grands mâts chargés d'hommes, comme trois grands cerisiers chargés d'enfants en maraude. La *Rachel* cherchait ses enfants perdus.

Quelques jours plus tard, nous rencontrâmes un autre navire. Il n'avait pas l'air gai non plus, celui-là et, pour comble de dérision, il se nommait *La Joie*. A son approche, nous vîmes que les larges portiques qui, à l'arrière de certains baleiniers, supportent les canots de rechange ou les baleinières en réparation, étaient garnis de débris, de membrures blanches brisées et de restes de baleinières, comme des squelettes de chevaux morts.

« As-tu vu la baleine blanche ? » cria Achab.

Le capitaine, un homme aux yeux enfoncés et aux joues creuses, répondit :

« Regarde ! »

Et de son porte-voix il désignait les débris du portique.

« L'as-tu tuée ?

– Le harpon qui la tuera n'est pas encore forgé ! répondit l'autre en haussant les épaules et en regardant tristement un hamac dont les matelots finissaient de coudre les bords et que gonflait un cadavre.

– Pas encore forgé ? s'écria Achab en brandissant son terrible harpon. Regarde, homme de Nantucket ! J'ai là sa mort ! Il a été trempé deux fois, une fois dans le sang, une fois dans la foudre du feu Saint-Elme ! La troisième fois, ce sera dans Moby Dick ! »

Le capitaine de *La Joie* l'observa longuement avant de dire :

« Dieu te garde, vieil homme ! Regarde ce hamac : sur cinq hommes, c'est le seul que j'ai retrouvé, les autres n'ont pas même de sépulture et vous voguez sur leur tombe ! »

Puis, se tournant vers ses matelots, il donna l'ordre de précipiter le corps à la mer en le faisant glisser sur la planche. Lui-même entonna les prières des morts.

« En route, cria Achab, timonier, la barre dessus ! »

Mais le *Péquod* ne reprit pas sa course assez vite pour que nous n'entendions pas le bruit du corps qui faisait rejaillir l'écume. Comme nous nous éloignions, on distingua la voix du capitaine étranger qui nous criait :

« Vous fuyez nos funérailles, hommes de Nantucket ! Mais, en fuyant, que nous montrez-vous sinon votre propre cercueil ? »

Car l'étrange bouée de sauvetage du *Péquod* se balançait en grinçant à la poupe et accrochait les rayons du couchant en brillant d'un funèbre éclat.

CHAPITRE XXVIII

LE CHAPEAU D'ACHAB

A la pointe du jour, la voix du capitaine Achab retentit : « Armez les postes de vigie ! »

A chaque instant, à partir de ce moment, à tous les quarts piqués sur la cloche, à toute heure du jour et du crépuscule, jusqu'à la nuit noire, la voix du capitaine criait : « Ouvrez l'œil ! Ouvrez l'œil ! Ne voyez-vous rien ? »

Fébrile, il scrutait la mer, arpentait le pont. Finalement, il n'y tint plus.

« C'est moi qui signalerai la baleine blanche, dit-il, oui, c'est à moi qu'elle est réservée. C'est à moi que le doublon d'or doit revenir ! »

Et, de ses propres mains, il gréa un nœud de chaise double, envoyant un homme dans le grand mât pour en fixer l'estrope dans une poulie et se faire hisser dans la mâture.

Cela fait, il regarda fermement Starbuck et lui dit : « Prends le câble, Starbuck ! C'est entre tes mains que je le remets ! »

Starbuck soutint le regard du capitaine sans ciller et prit le bout. Achab savait bien que Starbuck était le plus pessimiste sur l'issue du voyage, et le seul à s'être vraiment opposé à lui. Achab l'avait insulté et menacé de son fusil. Mais, en lui remettant le bout, il lui remettait sa vie entre les mains, défiant les hommes comme il défiait le destin, la nature et la raison. Au reste, on met toujours un homme de garde pour veiller l'estrope de la chaise : en effet, dans l'enchevêtrement des manœuvres amarrées aux cabillots, il serait facile de se tromper de filin et de défaire le nœud qui assure la sécurité de celui qui est en l'air, l'envoyant s'écraser sur le pont ou disparaître dans les vagues.

On hissa Achab dans sa chaise de calfat. Lui, enserrant d'un bras le mât de cacatois, inspectait la mer sur des milles et des milles d'horizon.

Il y était depuis quelques minutes lorsqu'un de ces sauvages oiseaux de mer à bec jaune, albatros ou frégates, qui viennent si souvent tournoyer autour des vigies sous ces latitudes, s'approcha du navire et se mit à décrire des cercles rapides autour du capitaine. Celui-ci n'y prêta pas attention, car c'est un incident fréquent. Tout à coup, le matelot sicilien qui était en vigie au grand mât et qui dominait le capitaine tout en étant séparé de lui par un véritable gouffre, se mit à crier : « Votre chapeau, votre chapeau, monsieur ! »

Mais déjà l'ombre de la grande aile grise passait devant le visage du capitaine, le long bec tranchant et courbe l'effleurait et l'aigle de mer s'enlevait sur le vent, emportant avec un cri strident la coiffure d'Achab.

L'oiseau s'en fut vers l'avant du navire, loin devant lui, et disparut. Non pas, cependant, sans qu'on ait pu voir un minuscule point noir tomber dans la mer du haut du ciel, sur la route que suivait le navire.

CHAPITRE XXIX

MOBY DICK

Cette nuit-là, pendant le quart de minuit à quatre heures, Achab sortit de l'écoutille où il s'appuyait et regagna son trou de tarière, sur le gaillard. Soudain, il leva le front et se mit à humer l'air du large, comme un chien en chasse. Il déclara alors qu'il devait y avoir un cachalot à peu de distance. Bientôt, toute la bordée sentit aussi cette odeur spéciale qu'émet le cachalot vivant et que l'on sent souvent à de grandes distances. Achab fit modifier légèrement le cap et diminuer la voilure.

A l'aube, il donna l'ordre d'armer les postes de vigie et de faire monter les deux bordées sur le pont. Daggoo réveilla les dormeurs par un bruit de tonnerre en frappant sur le pont trois anspects réunis. Les hommes jaillirent des écoutilles, leurs vêtements à la main, comme appelés au Jugement dernier.

« Voyez-vous quelque chose ? criait Achab, le visage renversé vers les vigies.

– Rien, monsieur ! »

Il se fit hisser dans sa chaise.

Il en était aux deux tiers de l'ascension lorsque, regardant autour de lui, il tendit soudain le bras en criant d'une voix stridente :

« Là ! Là ! Il souffle ! Il souffle ! La bosse blanche ! Moby Dick ! »

A ce cri qui parut poussé par les trois vigies en même temps, l'équipage se rua dans les haubans.

C'était lui. A un mille environ, on apercevait son souffle régulier et silencieux, tandis que sa haute bosse neigeuse étincelait au soleil comme du marbre. Aux yeux superstitieux des matelots, ce souffle, c'était celui que l'on avait vu tant de nuits.

« Quelqu'un l'a-t-il vu avant moi ? demanda Achab.

– Presque en même temps, capitaine, dit Tashtego, et j'ai crié aussitôt !

– Mais après moi ! Après moi ! Le doublon est à moi ! Le destin me l'avait réservé, j'en étais sûr ! Ha ! ha ! Il souffle ! Il souffle ! Encore ! Et encore ! »

Agrippé au mât, Achab semblait partagé entre la haine et l'extase.

« Il va sonder ; rentrez les voiles hautes. Parez trois baleinières, vous, en bas. Monsieur Starbuck, vous garderez le navire ! Parés, les canots ? Descendez-moi, Starbuck ! Plus vite ! Plus vite, vous dis-je ! »

Il semblait voler à travers le ciel.

« Elle file droit sous le vent, sir, dit Stubb, elle ne nous a sans doute pas encore vus.

– Silence, garçon ! Paré ? Bon, les canots à la mer ! »

En un instant, toutes les baleinières sauf celle de Starbuck étaient à l'eau, les voiles hissées. Les avirons soulevaient l'écume. La baleinière d'Achab était en tête et, dans les yeux enfoncés du silencieux Fedallah, s'était allumée une lueur de mort, tandis qu'un rictus retroussait ses lèvres.

Les baleinières avançaient rapidement sur la mer calme et approchaient silencieusement du monstre.

Enfin, elles furent si près du grand cachalot apparemment sans méfiance que les hommes purent voir d'en dessous cette énorme bosse neigeuse, comme un iceberg égaré sous l'équateur et flottant paresseusement ; ils purent voir et compter les grandes rides profondes qui barraient son front énorme et entendre le clapot des vagues se brisant contre sa formidable masse pâle à chacun de ses mouvements. La chatoyante ombre blanche faisait naître sans cesse des essaims de bulles qui crevaient avec un bruit doux ; des centaines d'oiseaux de mer volaient avec des cris au-dessus de la masse pâle.

Droit sur le dos de l'animal se dressait comme un mât une grande lance, profondément enfoncée, qui n'était pas encore rouillée. Sur sa hampe brisée se perchait de temps en temps un oiseau de mer qui se lissait les plumes.

Cet énorme flanc nacré sur lequel échouaient en vagues les flots bleus de la mer offrait un spectacle d'une beauté extraordinaire. Moby Dick cachait dans l'eau profonde la hideur de sa terrible mâchoire tordue, et l'épouvante que recélaient son gigantesque corps, sa force colossale et sa ruse démoniaque.

Soudain, le grand animal parut se lever sur l'eau et, arquant son corps, il leva les immenses palmes de sa queue et plongea d'un seul coup.

« Une heure à attendre », dit Achab, l'œil plein d'impatience.

Les avirons mâtés, les trois baleinières flottèrent en silence sur cette mer d'huile.

Cependant, il ne fallut pas longtemps pour que Tashtego se mît à crier : « Les oiseaux ! Regardez les oiseaux ! »

Car les oiseaux de mer qui s'étaient posés sur l'eau ou avaient pris leur vol se rassemblaient avec des cris joyeux presque au-dessus de la chaloupe d'Achab. Leurs yeux étaient encore plus aigus que ceux de l'homme, car Achab ne voyait rien. Brusquement, il distingua, dans les profondeurs, un minuscule point blanc qui grossissait rapidement et qui montait, montait, augmentant de volume à une vitesse stupéfiante. Bientôt on distingua à travers l'eau bouillonnante la double rangée de dents aiguës du cachalot qui arrivait, retourné sur le dos à la façon du requin prêt à mordre. Cette bouche éclatante, avec sa terrible mâchoire tordue, montait sous la baleinière à une vitesse foudroyante. Achab, d'un violent coup de son aviron de queue, écarta le canot de cette apparition. Appelant Fedallah, il changea rapidement de place avec lui. Debout à l'avant, il empoigna le grand harpon forgé par Perth et donna l'ordre de faire reculer la chaloupe.

Ce mouvement permet normalement à la baleinière de faire face au cachalot – qui voit sur le côté – avant même qu'il soit sorti de l'eau. Mais Moby Dick était rusé et, d'un coup de queue, il se rejeta sur le côté. Sa

formidable tête ridée émergea dans un bouillonnement. La baleinière secouée parut frémir de toutes ses membrures, tandis que l'énorme mâchoire tordue prenait lentement et consciemment l'étrave de l'embarcation à pleins crocs, s'élevant en l'air. A soixante centimètres à peine de son visage, Achab pouvait voir la douce blancheur nacrée tapissant la gueule du monstre qui secouait le canot, le mordillant comme un chat joue avec une souris. Fedallah, les bras croisés, regardait calmement ce spectable effrayant, mais l'équipage couleur de tigre se bousculait à l'arrière avec terreur.

Les parois de la chaloupe se tordaient sous la pression et les énormes dents apparaissaient l'une après l'autre à travers les planches de cèdre écrasées. Mais Achab ne pouvait toujours pas harponner l'animal dont le corps se trouvait encore sous l'eau.

Furieux, le capitaine empoigna à pleines mains, comme un forcené, la terrible mâchoire qu'il haïssait, et lutta sauvagement corps à corps avec elle pour lui faire lâcher prise. La longue mâchoire glissa entre ses mains et, lui échappant, s'abattit sur le milieu du canot, le broyant et le coupant en deux tronçons. Achab fut précipité à la mer.

Alors, satisfait de son œuvre, le grand cachalot blanc recula de quelques mètres. Levant la tête verticalement hors de l'eau, il se mit à tourner lentement sur lui-même, selon l'attitude particulière des cachalots pour mieux se rendre compte de ce qui les entoure. Son vaste front émergeait de cinq mètres, environné d'écume, car la mer commençait à se creuser. Pendant ce temps, Achab, trop infirme pour nager, se cramponnait aux débris de son canot.

Puis la baleine retomba à l'horizontale et se mit à tourner en cercles autour du canot brisé et des hommes à la mer. Les hommes des autres baleinières, pétrifiés devant ce spectacle, n'osaient pas attaquer le monstre. Il était à craindre que, au moindre geste hostile, c'en soit fait des malheureux.

Pourtant, bien que submergé de temps à autre par les vagues tourbillonnantes, Achab parvint à se faire entendre :

« Mettez le cap sur... »

Une vague emporta le reste de la phrase.

« Mettez le cap sur la baleine ! cria-t-il enfin au *Péquod* qui s'était rapproché, chassez-la ! »

L'étrave du *Péquod* obéit et, brisant le cercle, elle sépara Achab du cachalot. Tandis que Moby Dick s'éloignait, les baleinières purent repêcher les naufragés.

Hissé dans le canot de Stubb, les yeux aveuglés d'eau et injectés de sang, le sel crissant dans ses rides et sa barbe, Achab resta un moment comme hébété. Mais, se relevant subitement :

« Le harpon ? dit-il, où est le harpon ?

– Le voici, monsieur, dit Stubb, il n'a pas été lancé.

– Posez-le à côté de moi. Tout le monde est-il là ?

– Tout le monde est sain et sauf, dit Stubb.

– Et Moby Dick ?

– Il file par là ! répondit Stubb en désignant un point de l'horizon.

– Au navire ! » ordonna Achab.

En effet, lorsqu'une baleinière est fracassée, il arrive souvent que les hommes repêchés continuent la chasse avec l'équipage sauveteur. Malgré le surcroît de puissance que représente cet appoint en bras, on ne peut poursuivre très longtemps à l'aviron un grand cachalot qui s'enfuit à toute vitesse. Le navire est alors le moyen le plus sûr de le rejoindre.

Aussi les baleinières furent-elles promptement hissées à leurs bossoirs et le *Péquod*, toutes voiles dehors, s'élança à la poursuite du cachalot blanc.

A la nuit, on ne voyait plus le souffle, mais Achab conclut que le cachalot irait moins vite la nuit tombée. Il fit donc garder le même cap en diminuant beaucoup la toile.

Il resta toute la nuit dans son angle d'écoutille, le chapeau rabattu sur les yeux.

CHAPITRE XXX

LA CHASSE - DEUXIEME JOUR

A l'aube, les postes de vigie furent de nouveau armés.

« Voyez-vous quelque chose ? cria Achab quand la clarté du jour se fut un peu répandue.

– On ne voit rien, capitaine !

– Tout le monde sur le pont, et mettez toute la toile ! Il va plus vite que je n'aurais cru ! Tant pis, ce n'est qu'un repos avant l'hallali ! »

Bientôt le navire fila avec une vitesse sans pareille. Puis le cri tomba :

« Il souffle ! Là ! Il souffle ! Droit devant ! »

Notons en passant que l'extraordinaire connaissance que montrait le capitaine Achab pour pister son gibier malgré la nuit et la mer, sans être banale, n'est pas rare chez les baleiniers expérimentés. Cette habileté fait mentir le proverbe arabe qui veut que « le poisson ne laisse pas de trace dans la mer ».

« Ha ! ha ! cria Stubb au comble de l'excitation, je le savais ! J'en étais sûr ! Vas-y, baleine, gonfle tes poumons, tu n'échapperas pas à Achab ! Cours, baleine, Achab est à tes trousses ! »

C'est que l'excitation de la chasse commençait à remplir tout le monde à bord d'une rage fébrile. Stubb en disant cela n'était que le porte-parole du sentiment commun qui régnait sur l'équipage.

Nous n'étions plus trente, nous étions un seul homme tendu vers le but unique, celui d'Achab, la vengeance et la mort du cachalot blanc.

On ne vit plus rien pendant un moment, puis le même cri jaillit de trente poitrines !

Là, à moins d'un mille de nous, Moby Dick venait d'apparaître. Pas par un banal souffle, non, mais par un bond formidable qui le fit voir en entier, dans toute sa force et sa splendeur, énorme masse de marbre sortant entièrement de l'eau d'un puissant élan pour y replonger au milieu d'un éblouissant panache d'écume !

« Ton heure est venue, Moby Dick ! grinça Achab. Tout le monde en bas, sauf un homme au mât de misaine. Parez les baleinières ! »

Ce fut la ruée. Les hommes descendirent du gréement en glissant le long des filins, dédaigneux des échelles de cordage.

« Monsieur Starbuck, dit Achab, le navire est à vous. Les canots à la mer ! »

Lui-même prit le commandement d'une baleinière de rechange que l'on avait gréée pendant la nuit.

Mais, cette fois, lorsque les baleinières partirent à l'attaque, le grand cachalot fit volte-face comme pour frapper les hommes d'une terreur immédiate et attaqua le premier.

Son vaste front labourant la mer, il fonça sur les trois canots; Achab, au centre, comptait prendre l'animal de face. Mais, alors que Moby Dick se trouvait encore en position de voir les trois canots, battant l'eau à une vitesse furieuse, les mâchoires béantes, il se mit à ruer au milieu des chaloupes et à frapper l'eau de sa queue avec une vigueur sauvage. Il menait la bataille sur deux côtés à la fois, indifférent aux harpons qui s'envolaient l'un après l'autre des baleinières avec des sifflements brefs pour s'enfoncer dans sa chair.

Habilement manœuvrées, pirouettant sur place, les baleinières esquivèrent un moment les terribles coups de queue, parfois à quelques centimètres près. Mais à force de se retourner et de faire sans cesse volte-face, le cachalot finit par entortiller, croiser et recroiser les lignes de tous les dards, les raccourcissant peu à peu, jusqu'au moment où on le vit se reculer pour ce qui devait être une dernière charge.

Saisissant l'occasion, Achab donna du mou à sa ligne en espérant la dégager. C'est alors qu'il fut frôlé par un bouquet de harpons et de lances aiguës entortillées dans les filins, que les mouvements désordonnés de Moby Dick faisaient voler en tous sens. Achab n'hésita pas et fit la seule chose utile : il trancha sa ligne et se trouva libéré.

Au même instant, la baleine blanche fonçait dans l'enchevêtrement des lignes et des filins. Avec un bruit de tonnerre, elle attirait irrésistiblement les canots de Stubb et de Flask à portée de sa puissante queue. Les deux baleinières furent précipitées et fracassées l'une contre l'autre, lançant les hommes à la mer. Moby Dick sonda brutalement, s'engloutissant avec un tourbillon bouillonnant, faisant danser une ronde vertigineuse aux éclats de bois, aux avirons, aux bailles et aux hommes.

Puis, tandis que la baleinière d'Achab se hâtait de porter secours à ce qui pouvait être sauvé, son canot indemne parut se soulever de lui-même et monter vers le ciel à la verticale. En dessous, apparut le formidable front du cachalot qui l'envoyait tournoyer dans les airs.

Il tourna le dos, alors, à ce qui restait des pirogues et parut tâtonner autour de lui avec les palmes de sa queue. Chaque fois qu'il sentait quelque chose, morceau de bois, aviron, espar, homme, n'importe, il assenait aussitôt un coup de queue formidable.

Enfin, la baleine parut satisfaite et s'éloigna tranquillement, emportant derrière elle les lignes et les cordages emmêlés avec les harpons qui se croisaient sur son dos.

Comme la veille, le *Péquod* arriva à la rescousse et repêcha tout le monde. Comme la veille, il n'y avait ni morts ni blessés. Achab s'était de nouveau agrippé aux débris de sa baleinière. Il n'y avait que des épaules démises, des poignets foulés, quelques chevilles endommagées, un grand nombre de contusions et un fouillis inextricable de harpons tordus, de lances cassées et de cordages emmêlés. Le plus atteint était Achab : sa jambe d'ivoire était brisée et il n'en restait qu'un éclat aigu. Pour tenir debout, il devait se pendre à l'épaule secourable de Starbuck.

« Pas d'os cassé, sir ? lui demanda Stubb avec sollicitude.

– Brisé en éclats, Stubb, vous le voyez ! Mais même

avec un os brisé, le vieil Achab est indemne ! Eh ! Là-haut ! Quelle direction a-t-il prise ?

– Droit sous le vent, monsieur !

– La barre dessus ! Et préparez d'autres baleinières ! Ah ! dit-il en secouant la jambe, cette esquille d'os me blesse, à présent ! Quel malheur que l'esprit invincible d'Achab ait un lâche pour second !

– Pardon, sir ? dit Starbuck en fronçant le sourcil.

– Pas toi, garçon, pas toi, je parle de mon corps ! Donne-moi quelque chose qui me serve de canne et fais l'appel des hommes, je n'ai pas encore vu... Non, c'est impossible ? Où est-il ? Il n'est pas là ? Rassemblez tout le monde ! »

Mais la subite inquiétude du capitaine était fondée ; le parsi manquait à l'appel.

« Le parsi ! cria Stubb, il a dû être pris dans...

– Tais-toi, cria Achab, c'est impossible ! »

Le parsi resta introuvable.

« Oui, monsieur, dit Stubb, je crois qu'il a été pris dans votre ligne, il m'a semblé le voir entraîné...

– Ma ligne ! ma ligne ! murmura Achab, il s'est pris dans ma ligne ! Et le harpon, où est-il ? Cherchez-le ! Fou que je suis ! Je l'ai lancé, mon harpon ! Il est dans le cachalot maintenant ! »

Lorsque le soir tomba, le charpentier avait presque fini une nouvelle jambe pour Achab, et le grand cachalot blanc se voyait toujours sous le vent.

Toute la nuit, Achab, debout, guetta l'aube.

CHAPITRE XXXI

LA CHASSE - TROISIEME JOUR

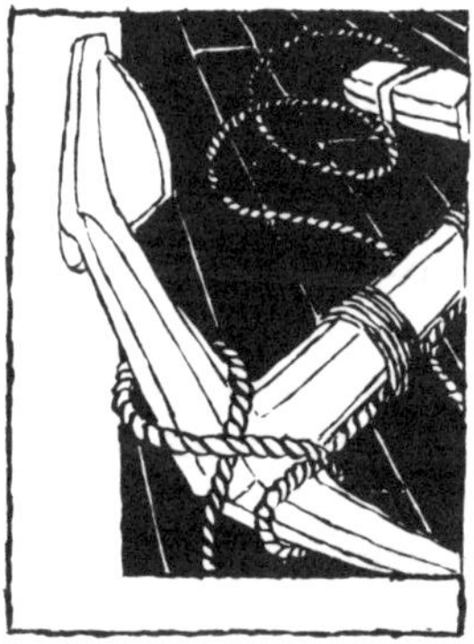

Le matin du troisième jour se leva, calme et frais. L'homme qui veillait seul en tête de mât fut remplacé par des grappes de guetteurs épars dans la mâture.

« Le voyez-vous ? » cria Achab aux hommes.

Mais personne ne voyait la baleine. A midi, on n'avait encore rien vu.

« Que se passe-t-il ? disait Achab, l'aurais-je dépassé ? Au fait, cela pourrait bien être ! Quel imbécile ! Ce sont les lignes et les harpons qu'il entraîne après lui qui l'auront retardé ! Et je l'ai dépassé la nuit dernière ! Holà, vous autres ! Paré à virer ! Tous en bas ! »

Maintenant, le navire courait à contre-vent, remontant l'alizé.

« Paré à me hisser ! » ordonna Achab en se dirigeant vers sa chaise de cordage.

Une heure encore s'écoula, puis Achab signala encore le cachalot, à trois points au vent environ.

« Cette fois, je te ferai face, Moby Dick, gronda le vieil homme. Forcez la toile, vous en bas ! Cela va mieux, nous marchons, cette fois ! Et pas d'embardées, hein ! Monsieur Starbuck, surveillez l'homme de barre avec un maillet ! Je vais descendre. »

Mais il s'attarda un moment à contempler la mer : « Quel vieux, vieux spectacle ! se prit-il à dire pour lui-même. Si vieux et si jeune en même temps, aussi jeune que lorsque je le contemplais, enfant, du haut des dunes de Nantucket ! Que de temps écoulé, depuis, et toujours le même spectacle ! »

Il contempla un instant avec étonnement les petites mousses vertes qui végétaient dans les fissures du mât : « Tu reverdis, vieux mât ! Pour moi, rien ne verdit sur ma tête, et pourtant nous vieillissons ensemble !... Allons, vieux mât, nos quilles sont toujours solides ! »

Starbuck le descendit doucement sur le pont.

Puis on mit les baleinières à la mer. Achab était pensif. Il appela Starbuck. Le second accourut :

« Je crois que je suis vieux, Starbuck ! dit Achab. Serre-moi la main, garçon !

– Capitaine Achab, dit Starbuck ému, n'y allez pas ! C'est inutile !

– Débordez ! » cria Achab à son équipage en secouant l'étreinte de Starbuck.

En un instant, la baleinière était à la poupe. Une voix cria alors : « Les requins ! Les requins ! »

Achab ne s'en soucia pas. Cependant la voix disait vrai.

Pour la première fois depuis que le cachalot blanc avait été signalé, les requins qui infestent habituellement ces mers faisaient leur apparition. Ils semblaient surgir de l'eau sombre et se mirent immédiatement à mordre les pelles des avirons avec férocité.

« Quelle âme de fer ! murmurait Starbuck en regardant s'éloigner le canot d'Achab. Pourtant, il me semble que, sur trois jours de chasse, l'un doit être le matin, le second le midi et le troisième le soir. Voilà encore un bien triste présage ! Tout le passé semble oublié, et toute la vie derrière moi ! Mary, ma pauvre Mary ! »

« Eh ! vous, là-haut ! cria-t-il en levant la tête et en secouant les épaules, ne perdez pas de vue les baleinières ! Et chassez ce damné oiseau qui déchire notre flamme de mât à coups de bec ! Ne voyez-vous pas qu'il l'emporte ? Ça y est ! Il l'a emporté ! Oh ! Achab ! Achab ! dit-il en se retournant vers la mer, tremble, Achab ! »

Cependant, les baleinières s'étaient éloignées en direction du cachalot qui avait brusquement sondé. Achab, pour sa part, murmurait : « Allez-y, requins, frappez la coque ! Je ne vous crains pas, seule la corde m'aura ! »

Soudain, la mer se mit à frémir autour des baleinières et se souleva rapidement comme si un iceberg immergé faisait soudain surface. Avec un bouillonnement sourd, une forme enchevêtrée jaillit de la mer, empêtrée de cordages, hérissée de lances et de harpons tordus fichés dans son corps.

Environné de brume irisée, l'immense Moby Dick se dressa hors de l'eau tout entier et y retomba avec un bruit sourd, faisant rejaillir l'eau de tous côtés.

« En avant ! » cria Achab à ses hommes. Les baleinières partirent à l'assaut. Mais Moby Dick, exaspéré par les harpons et les lances reçus la veille, semblait empli de fureur. Les rides de son front paraissaient se tordre et se convulser. Il s'élança d'un bond au milieu des baleinières, la queue fouettante, et rejeta à la mer les lances et les harpons des deux lieutenants. Tandis que Daggoo et Quequeg se hâtaient d'aveugler les voies d'eau avec ce qui leur tombait sous la main, le cachalot se retourna et l'on put voir son flanc jusqu'alors caché. Un cri s'éleva des canots : garrotté sur l'immense dos blafard par les lignes enchevêtrées en tours innombrables, apparaissait le corps à demi déchiqueté de Fedallah, avec ses vêtements noirs en lambeaux. Ses yeux exorbités semblaient fixer directement Achab.

De saisissement, le harpon échappa des mains du capitaine :

« Je te revois, parsi ! Comme tu l'avais prédit ! Et tu pars le premier. Ceci, c'est le corbillard que tu avais promis ! Mais où est ton second corbillard ? Celui en bois d'Amérique ? Stubb, Flask, retournez au navire et réparez vos baleinières si vous pouvez, puis rejoignez-moi. Sinon, tant pis, Achab peut mourir seul ! Quant à vous, dit-il à son équipage, le premier qui fait mine de sauter, je le harponne ! En avant ! Où est le cachalot ? A-t-il sondé ? »

Mais, alors qu'il regardait près de la baleinière, Moby Dick s'éloignait en ligne droite et semblait aller aussi vite que possible avec la seule intention de continuer sa route dans l'Océan.

« Achab ! murmura Starbuck, Achab, il est temps encore ! Le cachalot ne te cherche pas, c'est toi qui le cherches ! »

Cette prière ne devait pas être entendue et Achab

fit hisser les voiles. La baleinière fila rapidement à la poursuite du monstre. Sur ce trajet, il passa tout près du *Péquod* et, remarquant l'absence de la flamme, il eut le temps de crier à Tashtego d'aller chercher un pavillon et de le clouer au grand mât. Quequeg et Daggoo étaient perchés dans la mâture. Achab avançait toujours, poursuivi par les requins qui mordaient les pelles des avirons, les déchiquetaient.

« N'ayez crainte, disait Achab à ses hommes, les têtes de requins font un bon appui pour les avirons, souquez, mes gars ! Deux !... Deux !... Elles dureront bien assez, vos pelles ! Nous approchons ! Prenez l'aviron de queue et laissez-moi avancer ! »

Deux matelots l'aidèrent à passer, tandis que la baleinière approchait rapidement du cachalot. Soit qu'il fût harassé par ces trois jours de chasse, soit par ruse ou malice pure, l'animal avait considérablement ralenti.

En un instant, le canot était flanc à flanc avec le monstre et Achab se trouva presque au milieu de la brume fumante qui environnait la bête pâle. Cette fois, il était tellement près ! Alors, se redressant, le corps arqué en arrière et tenant le fût de frêne à deux mains, il lança de toutes ses forces le féroce harpon barbelé dans le flanc du cachalot haï, avec un cri de malédiction sauvage. L'acier aigu plongea jusqu'à la garde dans la chair de l'animal, comme absorbé par de la boue. Sous le coup, Moby Dick se tordit de côté et se convulsa avec rage, heurtant le canot qui faillit chavirer mais ne fut pas endommagé. Cependant, trois hommes déséquilibrés tombèrent à la mer. Deux d'entre eux purent remonter immédiatement dans la baleinière, mais le dernier resta à la traîne et se mit à nager comme il put à la suite du canot.

Presque aussitôt, le grand cachalot bondit et fila comme une flèche à travers les vagues. Lorsque Achab, l'œil injecté de sang, hurla à ses hommes de prendre de nouveaux tours morts pour arrêter la ligne, celle-ci cassa net et fouetta l'air.

« Aux avirons ! rugit Achab, sautez-lui dessus ! »

Mais, entendant le bruit du canot qui retombait sur

l'eau en claquant, le formidable cachalot blanc fit soudain volte-face et affronta ses poursuivants. Dans ce mouvement, il aperçut le *Péquod* qui approchait et, voyant peut-être en lui la cause véritable de ses maux et son principal ennemi, il changea de direction. Claquant des mâchoires, il fonça la tête la première à sa rencontre.

« La baleine ! Le navire ! » crièrent les hommes stupéfiés.

« Le navire ! cria Achab, aux avirons ! Sauvez mon navire ! »

Mais le bordé du canot, frappé auparavant par la baleine, céda brusquement et les hommes durent écoper et aveugler les voies d'eau avant de songer à autre chose.

A bord du navire, Tashtego s'arrêta de clouer le pavillon, fixant la vague blanche qui s'avançait vers le *Péquod*. La longue flamme rouge, s'enroulant autour de lui, se déplia au vent, cependant que Starbuck et Stubb, debout sur le beaupré, voyaient en même temps que lui la charge du monstre.

« Le cachalot ! Moby Dick ! La barre dessus ! La barre dessus ! Oh ! mon Dieu ! disait Starbuck.

– Je crois, disait Stubb, en mâchant sa petite pipe, je crois que nous allons nous coucher sous peu sur un matelas moelleux mais trop salé pour mon goût ! Tu ne me fais pas peur, ricanante baleine ! cria-t-il tout à coup. Oh ! Flask ! Une seule cerise avant de mourir ?

– Je voudrais être au pays où poussent les cerises ! répondit Flask. Oh ! Stubb ! Pourvu que ma mère ait touché ma part de paie, car je crois que le voyage est fini ! »

A l'avant du navire, les hommes restaient pétrifiés au

milieu du geste qu'ils étaient en train d'accomplir, contemplant bouche bée l'énorme mascaret écumeux qui s'approchait d'eux à une allure furieuse. Il se rapprochait de plus en plus en soulevant des gerbes d'embruns, de plus en plus près, suivant sa marche inexorable comme le Jugement dernier. Enfin, l'énorme front blanc vint s'écraser comme un bélier sur l'avant du navire avec un choc effroyable et un craquement de bois brisé. Les bordés s'enfoncèrent, les pièces de l'étrave se disjoignirent, les hommes roulèrent sur le pont, et par la brèche on entendit l'eau s'engouffrer en mugissant avec fureur.

« Le corbillard ! s'écria Achab dans son canot, le deuxième corbillard ! Celui en bois des forêts d'Amérique ! »

Plongeant sous le navire, le cachalot resurgit de l'autre côté et se précipita sur Achab et les débris de sa chaloupe.

« Sombrez, cercueils ! hurla Achab, délirant de fureur. Quant à toi, baleine maudite, voilà comme je te rends les armes ! »

Avec un hurlement de rage, il lança son dernier harpon. Le grand cachalot fut atteint de plein fouet et la ligne se dévida à toute vitesse, dans son engoujure dont le bois noircissait et fumait. Un nœud se forma soudain et la ligne s'arrêta net. Grinçant des dents, Achab se pencha pour la dégager et y réussit. Mais, en repartant, la large boucle coulante le happa au vol par le cou. Sans pouvoir dire un mot ou proférer un son, il fut emporté de la baleinière avant que ses hommes s'en fussent aperçus. Une seconde plus tard, l'épissure à œil qui terminait la ligne gicla de la baille et disparut dans les profondeurs de la mer.

Se retournant, les hommes hébétés cherchèrent en vain le navire. On n'en voyait déjà plus que l'extrémité des mâts au sommet desquels les trois harponneurs sauvages guettaient toujours la mer.

Tandis que les derniers tourbillons engloutissaient le sommet du grand mât et se refermaient sur la tête de Tashtego, l'Indien leva le bras hors de l'eau et planta un dernier clou dans la flamme neuve qui sombrait. Par ce geste ultime, l'aile du grand oiseau de mer qui revenait disputer le chiffon rouge se trouva clouée et l'oiseau s'abîma avec le navire.

Puis il y eut une sorte d'immense entonnoir où fut roulé tout ce qui se trouvait à proximité, entraînant dans la mort l'équipage de la baleinière survivante.

Et le grand linceul de la mer roula de nouveau comme il roule depuis le commencement des temps.

EPILOGUE

Moi seul, Ismaël, suis revenu pour en porter la nouvelle. Car il arriva qu'après la mort du parsi le sort me désigna pour être le premier rameur d'Achab. Et c'est moi qui tombai à la mer et me trouvai abandonné alors que les deux autres remontaient dans la baleinière. Aussi, comme je surnageais loin de cette scène, le tourbillon m'attira lentement vers lui. Lorsque je l'atteignis, ce n'était plus qu'une couche de mousse sale et tournoyante. C'est à ce moment-là qu'avec force jaillit de l'eau, projeté par la bulle sombre qui crevait, l'ancien cercueil de Quequeg transformé en bouée. Soutenu par ce cercueil, je dérivai un jour et une nuit sur la mer. Le deuxième jour, une voile apparut dans le lointain, puis se rapprocha et finalement me recueillit.

C'était la malheureuse *Rachel* en quête de ses enfants perdus, et qui n'avait trouvé qu'un nouvel orphelin.

TABLE DES MATIERES

N° de projet : 10025530 - (I) - (5) - BFT - M - 90 grs
Impression et reliure : Pollina s.a., 85400 Luçon - n° 66834 - A — Dépôt légal : janvier 1995
ISBN 2.09.490304-4

Loi n° 49-956 du 16 juillet 1949 sur les publications destinées à la jeunesse.